俗世奇人

冯骥才
绘著

新增本

人民文学出版社

图书在版编目（CIP）数据

俗世奇人：新增本/冯骥才绘著. —北京：人民文学出版社，2023（2025.7重印）
ISBN 978-7-02-017607-6

Ⅰ.①俗… Ⅱ.①冯… Ⅲ.①短篇小说—小说集—中国—当代 Ⅳ.①I247.7

中国版本图书馆CIP数据核字（2022）第222422号

选题策划	脚　印
责任编辑	王　蔚
装帧设计	刘　静
责任印制	王重艺

出版发行	人民文学出版社
社　　址	北京市朝内大街166号
邮政编码	100705
印　　刷	三河市宏盛印务有限公司
经　　销	全国新华书店等
字　　数	80千字
开　　本	787毫米×1092毫米　1/32
印　　张	6.125　插页5
印　　数	85001—95000
版　　次	2023年1月北京第1版
印　　次	2025年7月第9次印刷
书　　号	978-7-02-017607-6
定　　价	29.00元

如有印装质量问题，请与本社图书销售中心调换。电话：010-65233595

俗世奇人
冬泰
万年老店王

篇前闲语

一
传 奇

唐人称小说为传奇,何谓传奇,诗曰:

无奇不传,

传者必奇,

奇者自传,

愈传愈奇。

二

小 说·桃

小说如桃,何也,有诀云:

桃内有核,

核里有仁,

仁中有味,

味后有余。

目 录

〇〇一　　万年青

〇一五　　抱小姐

〇二七　　欢喜

〇三五　　洋（杨）掌柜

〇四三　　瓜皮帽

〇五三　　小尊王五

〇六三　　谢二虎

〇七五　　齐眉穗儿

〇八七　　秦六枝

一〇一　　田大头

一一三　　侯老奶奶

一二三　　查理父子

一三一　　绿袍神仙

一四一	胡　天
一五一	泡泡糖
一五九	歪脖李
一七一	罐儿
一七九	罗罗锅

万年青

万 年 青

西门外往西再走三百步,房子盖得就没规矩了,东一片十多间,西一片二三十间,中间留出来歪歪斜斜一些道儿好走路。有一个岔道口是块三角地,上边住了几户人家,这块地迎前那个尖儿,太小太短,没法用,没人要。

住在三角地上的老蔡家动了脑子,拿它盖了一间很小的砖瓦屋,不住人,开一个小杂货铺。这一带没商家,买东西得走老远,跑到西马路上买。如今有了这个吃的穿的用的一应俱全的小杂货铺,方便多了,而且渐渐成了人们的依赖。过日子还真缺不了这杂货铺! 求佛保佑,让它不衰。有人便给这小杂货铺起个好听的名字，叫万年青。老蔡家也喜欢这店名，求人刻在一块木板上，挂在店门口的墙上。

老蔡家在这一带住了几辈，与这里的人家都是几辈子的交情。这种交情最金贵的地方是彼此"信得过"。信得过可不是用嘴说出来的，嘴上的东西才信不过呢。这得用多少年的时间较量，与多少件事情较真，才较出来的。日常生活，别看事都不大，可是考量着人品。老蔡家有个规矩，从早上日出，到下晌日落，一年到头，刨去过年，无论嘛时候，店门都是开着的，决不叫乡亲们吃闭门羹。这规矩是老蔡家自己立的，也是立给自己的。自己说了就得做到，而且不是一天一月一年做到，还得十年二十年三十年做到，没一天不做到，或者做不到。现在万年青的店主是蔡得胜，他是个死性人，祖上立的规矩，他守得更严更死。这可是了不得的！谁能一条规矩，一百年不错半分？

这规矩，既是万年青的店规，也是老蔡家的家规。

俗世奇人

虽然老蔡家没出过状元,没人开疆拓土,更没有当朝一品,可是就凭这天下独有的店规家规,一样叫人敬佩,脸上有光。老蔡走在街上,邻人都先跟他招呼。

一天,老蔡遇到挠头的事。他的堂兄在唐山挖煤砸断了腿,他必得去一趟看看,连去带回大约要五天,可是铺子就没人照看了。他儿子在北京大栅栏绸缎庄里学徒,正得老板赏识,不好叫回来,他老婆又怵头外边打头碰脸的事。这怎么办?正这时候,家住西马路一个发小马得贵来看他,听他说起眼前的难事,便说自己有一个远亲在北洋大学堂念书,名叫金子美,江苏常州人,现在放暑假,回家一趟得花不少钱,便待在学堂没走,不如请来帮忙。听马得贵说,这人挺规矩,在天津这里别人全不认识,关系单纯。

老蔡把金子美约来一见,这人二十多岁,白净脸儿,戴副圆眼镜,目光实诚,说话不多,有条有理,看上去叫人放心。寻思一天后,便把万年青交给他了。

说好五天，日出开门，日落关门，诚心待客，收钱记账。老蔡家的店铺虽小，规矩挺多，连掸尘土的鸡毛掸子用完了放在哪儿都有一定的规矩。金子美脑袋像是玻璃的，放进什么都清清楚楚。老蔡交代完，又叮嘱一句："记着一定守在铺子里，千万别离身。"

这北洋大学堂的大学生笑道："离开这儿，我能去哪儿？除去念书，我什么事也没有。放心吧！"

老蔡咧嘴一笑，把万年青放在他手里了。

金子美虽然没当过伙计，但人聪明，干什么都行。一天生，两天熟，干了两天，万年青这点事就全明白了。每天买东西不过几十人，多半是周边的住家。这些老街坊见了金子美都会问一句："老蔡出门了？"金子美说："几天就回来了。"老街坊互相全都知根知底，全都不多话。这些街坊买的东西离不开日常吃的用的。特别是中晌下晌做饭时，没了盐，少块姜，缺点灯油，便来买，缺什么买什么。过路的人买的多是一包纸烟，馋了买个糖块搁在嘴里。

金子美每天刚天亮就从学堂赶到万年青，开了地锁，卸下门板，把各类货品里里外外归置好，掸尘净扫，一切遵从老蔡的交代。他从早到晚一直盯在铺里，一天三顿饭都吃自己带来的干粮。有尿就尿在一个小铁桶里，抽空推开后门倒在阴沟里，有屎就憋着晚间回去路上找茅房去拉。在铺子里，拿出全部精神迎客送客，卖货收钱，从容有序，没出半点偏差。下晌天黑，收摊关门，清点好货物和收银，上好门板，回到学堂去睡觉。一连三天，没出意外，一切相安无事。

转天一早刚到了万年青，一位同室学友找来说，从租界来了一个洋人，喜欢摄影，个子很高，下巴上长满胡子，来拍他们的学堂。北洋大学堂是中国首座洋学堂，洋人有兴趣，这洋人说他不能只拍场景，还要有人。这时放暑假了，学堂里没几个人，就来拉他。金子美说店主交代他这铺子白天不能关门，不能叫老主顾吃闭门羹。学友笑了，说："谁这么死性子，你关门了，人家不会到别的地方去买？"他见金子美还在犹豫，便说："你关一会儿门怕什么，他也不会知道。"子美觉得也有道理，就关上门，随着这学友跑到了大营门外运河边的北洋大学堂。

金子美头一次见到照相匣子，见到怎么照相，并陪着洋人去到学堂的大门口、教室、实验室、图书馆、体育场一通拍照，还和几位学友充当各种角色。大家干得高兴，玩得尽兴，直到日头偏西，赶回到城西时，天已暗下来。他走到街口，面对着关着门黑乎乎的店铺，一时竟没有认出来，以为走错了路。待走近了，认出这闭门的小店就是万年青，心里有点愧疚。他辜负了人家老蔡。

在点货结账时，由于一整天没开门，一个铜钱的收入也没有，这不亏了人家老蔡了吗？他便按照前三天每日售货的钱数，从铺子里取出价钱相当的货品，充当当日的售出；再从自己腰包里拿出相当货价的钱，放在钱匣子里。这样一来，便觉得心安了。

再过一天,老蔡回来了,金子美向他交代了一连五日小店铺的种种状况,报了太平,然后拿出账目和钱匣子,钱货两清。老蔡原先还有些莫名的担心,这一听一看,咧开满是胡茬的嘴巴子笑了。给子美高高付了几天的工酬。子美说:"这么多钱都够回家一趟了。"

这事便结了。可是还没结。

一天,金子美在学堂忽接到老蔡找人送来的信儿,约他后响去万年青。子美去了,老蔡弄几个菜半斤酒摆在桌上,没别的事,只为对子美先前帮忙,以酒相谢。老蔡没酒量,子美不会喝,很快都上了头。老蔡说:"我真的挺喜欢你。像你这种实诚人,打灯都没法找。我虽然帮不了你嘛忙,我这个铺子就是你的,你想吃什么用什么——就来拿!随你拿!"

子美为了表示自己人好,心里一激动,便把他照看铺子时,由于学堂有事关了门,事后怕亏了老蔡而掏钱补款的事说了出来。他认为老蔡会更觉得他好。谁想到老蔡听了,脸上的笑意登时没了,酒意也没了,直眉瞪眼看着他。好像他把老蔡的铺子一把火烧了。

"您这是怎么了?"他问。

"你关了多长时间的门?"老蔡问,神气挺凶。

"从早上。我回来的时候……快天黑了。"

"整整一天?一直上着门板?"

"上了呀,我哪敢关门就走。"

静了一会儿,忽然老蔡朝他大叫起来:"你算把我毁了!我跟你说好盯死这铺子绝对不能离人,绝对不能关门!我祖上三代,一百年没叫人吃过闭门羹!这门叫你关上了,还瞒着我,我说这些天老街坊见了我神气不对。你坑了我,还坑了我祖宗!你——给我走!"老蔡指着门,他从肺管子里呼出的气冲在子美脸上。

子美不明白发生了什么。他惊讶莫解,但老蔡的愤怒与绝望,使他也无法再开口。老蔡的眼珠子瞪出了眼白,指着门的手剧烈地抖。他慌忙退身,出来,走掉。

这事没人知道,自然也没人说,但奇怪的是,从此之后这一带人再也没人说老蔡家的那个"家规"了。万年青这块牌子变得平平常常了,原先老蔡身上那有点神奇的光也不见了。

一年后,人说老蔡得了病,治不好,躺在家里开不了店,杂货铺常常上着门板,万年青不像先前了!过了年,儿子把他接到北京治病养病,老伴也跟着去了,居然再没回来。铺子里的东西渐渐折腾出去了,小砖房空了,闲置一久,屋顶生满野草,像个野庙荒屋。那个"万年青"的店牌早不知嘛时候没了。再过多半年,老蔡的儿子又回来一趟,把这小屋盘给了一个杨柳青人,开一个早点铺,炸油条,烙白面饼,大碗豆浆,热气腾腾,香气四溢,就像江山社稷改朝换代又一番景象。

抱小姐

抱 小 姐

清初以降,天津卫妇女缠脚的风习日盛。无论嘛事,只要成风,往往就走极端,甚至成了邪。比方说东南角二道街鲍家的抱小姐。

抱小姐姓鲍。鲍家靠贩卖皮草发家,有很多钱。虽然和八大家比还差着点,却"比上不足,比下有余"。鲍家老爷说,他若是现在把铺子关了,不买不卖,彻底闲下来,一家人坐着吃,鸡鸭鱼肉,活鱼活蟹,精米白面,能吃上三辈子。

人有了钱就生闲心。有了闲心,就有闲情雅好、着迷的事。鲍老爷爱小脚,渐渐走火入魔。那时候缠足尚小,愈小愈珍贵,鲍老爷就在自己闺女的脚上下了功夫，非要叫闺女的小脚冠绝全城，美到顶美，小到最小。

人要把所有的劲儿都使在一个事上，铁杵磨成针。闺女的小脚真叫他鼓捣得最美最小，穿上金色的绣鞋时像一对金莲，穿上红色的绣鞋时像一对香菱。特别是小脚的小，任何人都别想和她比——小到头小到家了。白衣庵卞家二小姐的小脚三寸整，北城里佟家大少奶奶戈香莲那双称王的小脚二寸九，鲍家小姐的二寸二。连老天爷也不知道这双小脚是怎么鼓捣出来的。不少人家跑到鲍家打听秘诀，没人问出一二三。有人说，最大的秘诀是生下来就裹。别人五岁时裹，鲍家小姐生下来几个月就缠上了。

脚太小，藏在裙底瞧不见，偶尔一动，小脚一闪，小荷才露尖尖角，鲜亮，上翘，灵动。再一动就不见了，好赛娇小的雏雀。

每每看着来客们脸上的惊奇和艳羡，鲍老爷感到无上满足。他说："做事不到头，做人难出头。"这话另一层意思，单凭着闺女这双小脚，自己在天津也算一号。

脚小虽好，麻烦跟着也来了。闺女周岁那天，鲍老爷请进宝斋的伊德元出了一套"彩云追凤"的花样，绣在闺女的小鞋上，准备抓周时，一提裙子，露出双脚，叫来宾见识一下嘛样的小脚叫"盖世绝伦"。可是给小姐试鞋时，发现闺女站不住，原以为新鞋不合脚，可是换上平日穿的鞋也站不好，迈步就倒。鲍太太说："这孩子娇，不愿走路，叫人抱惯了。"

老爷没说话，悄悄捏了捏闺女的脚，心里一惊！闺女的小脚怎么像个小软柿子，里边好赛没骨头？他埋怨太太总不叫闺女下地走路，可是一走就倒怎么办？就得人抱着。往后人愈长愈大，身子愈大就愈走不了，去到这儿去到那儿全得人抱着。

这渐渐成了老爷的一个心病。

小时候丫鬟抱着，大了丫鬟背着。一次穿过院子时，丫鬟踩上鸟屎滑倒。小姐虽然只摔伤皮肉，丫鬟却摔断腿，而且断成四截，骨头又没接好，背不了人了。鲍家这个丫鬟是落垡人，难得一个大块头，从小干农活有力气。这样的丫鬟再难找。更大的麻烦是小姐愈大，身子愈重。

鲍老爷脑袋里转悠起一个人来，是老管家齐洪忠的儿子连贵。齐洪忠一辈子为鲍家效力。先是跟着鲍老爷的爹，后是跟着鲍老爷。齐洪忠娶妻生子，丧妻养子，直到儿子连贵长大成人，全在鲍家。

齐家父子长得不像爷俩儿。齐洪忠瘦小，儿子连贵大胳膊大腿；齐洪忠心细，会干活，会办事。儿子连贵有点憨，缺点心眼儿，连句整话都不会说，人粗粗拉拉，可是身上有使不完的力气，又不惜力气。鲍家所有需要用劲儿的事全归连贵干，他任劳任怨，顺从听话。他爹听鲍老爷的，他比他爹十倍听老爷的。他比小姐大四岁，虽是主仆，和小姐在鲍家的宅子里一块儿长大，而且小姐叫他干嘛他就干嘛，从上树逮鸟到掀起地砖抓蝎子，不管笨手笨脚从树上掉下来，还是被蝎子蜇，都不在乎。如果找一个男人来抱自己的女儿，连贵再合适不过。

鲍老爷把自己的念头告诉给太太，谁料太太笑道："你怎么和我一个心思呢。连贵是个二傻子，只有连贵我放心！"

由此，齐连贵就像小姐一个活轿子，小姐无论去哪儿，随身丫鬟就来呼他。他一呼即到，抱起小姐，小姐说去哪儿就抱到哪儿。只是偶尔出门时，由爹来抱。渐渐爹抱不动了，便很少外出。外边的人都叫她"抱小姐"，听似鲍小姐，实是抱小姐。这外号，一是笑话她整天叫人抱着，一是贬损她的脚。特别是那些讲究缠足的人说她脚虽小，可是小得走不了路，还能叫脚？不是烂蹄子？再难听的话还多着呢。

烂话虽多，可是没人说齐连贵坏话。大概因为这傻大个子憨直愚呆，没脑子干坏事，没嘛可说的。

鲍老爷看得出，无论他是背还是抱，都是干活。他好像不知道自己抱的人是男是女，好像不是小姐，而是一件金贵的大瓷器，他只是小心抱好了，别叫她碰着磕着摔着。小姐给他抱了七八年，只出了一次差错。那天，太太发现小姐脸色气色不好，像纸赛的刷白，便叫连贵抱着小姐在院里晒晒太阳。他一直抱着小姐在院里火热的大太阳地站着。过了许久，太太出屋，看见他居然还抱着小姐在太阳下站着，小姐脸蛋通红，满头是汗，昏昏欲睡。太太骂他："你想把小姐晒死？！"

吓得他一连几天，没事就在院里太阳地里跪着，代太太惩罚自己。鲍老爷说："这样才好，嘛都不懂才好，咱才放心。"

这么抱长了，一次小姐竟在连贵怀里睡着了。嘿，在哪儿也没有给他抱着舒服呢。

连贵抱着小姐直到她二十五岁。

光绪二十六年，洋人和官府及拳民打仗，一时炮火连天，城被破了。鲍太太被塌了的房子砸死，三个丫鬟死了一个，两个跑了。齐家父子随鲍家父女逃出城，路上齐洪忠被流弹击中胸脯，流着血对儿子说，活要为老爷和小姐活，死也要为老爷和小姐死。

连贵抱着小姐跟在鲍老爷身后，到了南运河边就不知往哪儿走了，一直待到饥肠饿肚，只好返回城里，老宅子被炸得不成样子，还冒着火冒着烟。往下边的日子就一半靠老爷的脑子，一半靠连贵的力气了。

五年后，鲍老爷才缓过气来，却没什么财力了。不多一点皮草的生意使他们勉强糊口。鲍老爷想，如果要想今后把他们这三个人绑定一起，只有把女儿嫁给连贵。这事要是在十年前，连想都不会想，可是现在他和女儿都离不开这个二傻子了，离了没法活。尤其女儿，从屋里到屋外都得他抱。女儿三十了，一步都不能走，完全一个废人，嘛也干不了，还得天天伺候着，谁会娶这么一个媳妇？现在只一个办法，是让他们结合了。他把这个意思告诉女儿和连贵,两人都不说话。女儿沉默,似乎认可,连贵不语,好似不懂。

于是鲍老爷悄悄把这"婚事"办了。

结了婚,看不出与不结婚有嘛两样,只是连贵住进女儿的屋子。连贵照旧一边干活,一边把小姐抱来抱去。他俩不像夫妻,依旧是主仆。更奇怪的是,两三年过去,没有孩子。为嘛没孩子? 当爹的不好问,托一个姑表亲家的女孩来探听。不探则已,一探吓一跳。原来齐连贵根本不懂得夫妻的事。更要命的是,他把小姐依旧当作"小姐",不敢去碰,连嘴巴都没亲一下。这叫鲍老爷怎么办? 结婚有名无实。这脚叫他缠的 —— 罪孽啊!

几年后老爷病死了。皮草的买卖没人会做,家里没了进项。连贵虽然有力气却没法出去卖力气,家里还得抱小姐呢。

抱小姐活着是嘛滋味没人知道。她生下来,缠足,不能走，半躺半卧几十年，连站都没站过。接下来又遭灾受穷，常挨饿，结了婚和没结婚一样。后来身体虚弱下来，瘦成干柴，病病歪歪，一天坐在那里一口气没上来，便走了。

剩下的只有连贵一人，模样没变，眼神仍旧像死鱼眼痴呆无神，一字样地横着大嘴叉，不会笑，也不会和人说话。但细一看，还是有点变化，胡茬有些白了，额头多了几条蚯蚓状的皱纹，常年抱着小姐，身子将就小姐惯了，有点驼背和含胸。过去抱着小姐看不出来，现在小姐没了显出来了。特别是抱小姐那两条大胳膊，好像不知往哪儿搁。

欢喜

欢　喜

针市街和估衣街一样老。老街上什么怪人都有。清末民初,有个人叫欢喜。家住在针市街最靠西的一边,再往西就没有道儿了。

欢喜姓于,欢喜是大名,小名叫笑笑。

这可不是因为他妈想叫他笑,才取名笑笑,而是他生来就笑。

也不是他生来爱笑,是他天生长着一张笑脸,不笑也笑。眉毛像一对弯弯月,眼睛像一双桃花瓣,嘴巴像一只鲜菱角,两个嘴角上边各有一个浅浅的酒窝儿,一闪一闪。

他一生出来就这样,总像在笑,叫人高兴,可心,喜欢。

可是，他不会哭吗？他没有难受的时候吗？他饿的时候也笑吗？他妈说："什么时候都笑，都哄你高兴。他从来不哭不闹，懂事着呢。"

这样的人没见过。老于家穷，老于是穷教书匠，人虽好，人穷还得受穷。邻人说，这生来喜兴的小人儿说不定是老于家一颗福星，一个吉兆，这张像花儿的小脸仿佛带着几分神秘。

可是事与愿违，欢喜三岁时，老于患上痨病，整天咳嗽不停，为了治病把家里的存项快吃光了，最后还是带着咳嗽声上了西天。这一来，欢喜脸上的笑便没了秘密。他却依然故我，总那个笑眯眯的表情，无论对他说嘛，碰到嘛事，他都这样。可是面对着这张一成不变、并非真笑的笑脸是嘛感觉呢？人都是久交生厌，周围的人渐渐有点讨厌他。甚至有人说这个三岁丧父的孩子不是吉星，是克星，是笑面虎。

欢喜十岁时，守寡的于大妈穷得快揭不开锅，带着他嫁给一个开车行的马大牙。马大牙是个粗人，刚死了老婆，有俩儿子，没人管家，像个大车店，乱作一团，就把于大妈娶过来料理家务。马大牙的车行生意不错，顿顿有肉吃，天天有钱花，按说日子好过。可是马大牙好喝酒，每喝必醉，醉后撒疯，虽然不打人，但爱骂人，骂得凶狠难听，尤其是爱当着欢喜骂他妈。

叫马大牙和两个儿子奇怪的是，马大牙骂欢喜他妈时，欢喜居然还笑。马大牙便骂得愈加肮脏粗野，想激怒欢喜，可是无论他怎么骂，欢喜都不改脸上的笑容。

只有于大妈知道自己儿子这张笑脸后边是怎么回事。她怕哪天儿子被憋疯了。她找到当年老于认识的一个体面人，把欢喜推荐到城里一个姓章的大户人家当差，扫地擦房，端茶倒水，看守房门，侍候主家。这些活儿欢喜全干得了。章家很有钱，家大业大，房套房院套院，上上下下人多，可是个耕读人家，规矩很严。主家不喜欢下人们竖着耳朵，探头探脑，多嘴多舌，这些恰恰也不是欢喜的性情。他自小受父亲的管教，人很本分，从不多言多语，而且干活勤快，尤其他天生的笑脸，待客再合适不过，笑脸相迎相送，叫人高高兴兴。

欢喜在章家干了三个月，得到主家认可。主家叫他搬到府上的用人房里来住。这一下好了，离开了那个天天骂街的车行了。

欢喜的好事还没到头。不久，他又叫这家老太太看上了，老太太说："我就喜欢看这张小脸儿，谁的脸也不能总笑。总笑就成假的了，可欢喜这张小脸笑眯眯是天生的。一见到他，心里嘛愁事也没有了。叫他给我看院子、侍候人吧。"

老太太金口玉言，他便去侍候老太太。他在老太太院一连干了四年，据说老太太整天笑逐颜开，待他像待孙子，总给他好吃的。老太太过世时，欢喜披麻戴孝，守灵堂门外，几天几夜不吃不睡，尽忠尽孝。可有人说，他一直在偷偷笑。这说法传开了，就被人留意了，果然他直挺挺站在灵堂外一直在眯眯地笑。

起灵那天，大家哭天抢地，好几个人看见他站在那里，耸肩扬头，张着大嘴，好似大笑，模样极其荒诞。

有人把这事告诉给章家老爷。老爷把欢喜叫来审问，欢喜说天打雷劈也不敢笑，老太太待他恩重如山，自己到现在还是悲痛欲绝呢。老爷说："你会哭吗？我怎么从来没见过你哭？"

"我心里觉得疼时，脸上的肉发紧，紧得难受，什么样不知道。"

老爷忽然叫人拉他下去，打六大板子，再拖上来。他半跪地上，垂着头，嘴里叫疼。老爷叫他抬起头来，想来一定是痛苦不堪的表情，可是头一抬起，叫老爷一惊，居然还是那张眯眯的笑脸！

老爷是个见多识广的人,心里明白,这欢喜算得上天生尤物,一个奇人。这个人是母亲生前喜欢的,就应当留在家里,留下对母亲的一个念想。这便叫人扶他去养伤,养好后仍在府上当差,并一直干下去。

洋（杨）掌柜

洋（杨）掌柜

洋掌柜和杨掌柜是同一个人，一人二姓，音同字不同。这因为他有两个店铺，开在不同地方。在租界那边他叫杨掌柜，店名叫杨记古董铺，专卖中国的老东西。在老城这边他叫洋掌柜，店名叫洋记洋货店，只卖洋人的洋东西。

洋人喜欢中国人的老东西，中国人喜欢洋人的洋东西。头一个看明白这些事的是他，头一个干这种事的也是他。于是，他拿中国的东西卖给洋人，再弄来洋人的东西卖给中国人。这事他干得相当成功，不少赚钱。关键是他还有许多诀窍。

要想把东西卖得好，首先要把店铺、车马、行头都做得像模像样。租界那边的杨记古董铺看上去无奇不有，老城这边的洋记洋货店看上去古怪离奇。杨记古董铺在戈登堂西边街对面，戈登堂东边是利顺德大饭店，来天津办事或游玩的洋人都住在利顺德大饭店里，走出饭店便能瞧见古色古香的杨记古董铺了。洋记洋货店在海河边娘娘宫前广场旁的一条横街上，到娘娘宫来上香的人很容易逛到洋货店。两边店铺的选址都好，风水宝地，人气旺足，买卖好做。

他更着意在自己的行头上做文章。

在租界那边，他把自己扮成一个地道的中国人。一身袍子马褂，缎帽皮靴，材料上乘，做工考究，关键是样子一定要古里古气，大拇指套着鹿骨扳指，叫洋人看得好奇。在老城这边，他胸前总垂着一根怀表的金链子，脖子上系一根深红色细绳领带，洋人看不伦不类，中国人看洋气十足。还有，他身上总冒一股子只洋人才用的香水味儿。这一来，他就成了店铺里最招人的肉幌子。

他刚刚干这买卖时，不缺中国古董，就缺洋货。他想出了一招——以物易物，这招很得用。若是洋人喜欢上哪一样中国的老东西，不用钱买，拿件洋东西来交换即可。然后他把这些从租界那边换来的洋货，再拿回到老城这边的洋货店来卖。两边的货源都不缺，买卖都好做。尤其是，洋人不懂中国东西的价钱，中国人也不懂洋东西的价钱。中间的差价全由他随机应变，怎么合适怎么来，这种无本买卖干起来就太容易了。

没有几年，他就在粮店前街买了一块挺宽敞的空地，大约六七亩，盖一座两进的大瓦房，磨砖对缝的高墙，石雕门楼，比得上东门里的徐家大院。他还买了一辆新式轿车，去宫前或租界全都舒舒服服坐在自家的车上。有多少钱享多大的福，在海河两岸上干古董这行的，没人不羡慕他。有人骂他吃里爬外，吃洋饭，卖祖宗，可是你有他这种本事——一手托两家，两头赚，来回赚，华洋通吃吗？人家杨老板还下功夫学了几句洋话呢，谁行？再说，在租界里开古董铺，人家是第一家，在老城这边开洋货店，人家也是头一号。过去天津人知道嘛叫洋货店吗？都是人家杨老板开的头儿。别听人骂他，这帮人一边骂他，一边学他，也开洋货店。如今在他周边至少冒出六七家洋货店来，这条原本不知名的小街，人人都称作"小洋贸街"了。

洋货店多了，争嘴的人多了。做买卖的人都是各显其能，各出招数，渐渐使他的洋记洋货店变得平平常常。同时，租界里的洋人们更喜欢跑到南门外的破烂市上淘老东西，那边的杨记古董铺也不新鲜了。

这事难了他，却难不住他。一年后，他忽然在两边店铺各花一笔钱，各使出了一招，这招别人同样想不到。

他从租界花钱请来一个法国人，叫马尔乐。人高腿长，金色卷发和胡须，尖鼻子可以扎人，八哥赛的蓝眼睛，胳膊上长了许多金毛，个头至少比普通人高两头。这种人若是发起疯来，会不会咬人？但是马尔乐分外和蔼可亲，总是迷人地笑着，身上散出一种特殊的既不好闻也不难闻的气味。他用磕磕巴巴的中国话，耐心向买家解释每一件洋货。他还挺会开玩笑，这很适合天津人的口味。

洋人才能把洋货说明白。马尔乐的出现，表明只有洋记洋货店里的洋货才是地道的洋货。别的店里的洋货都是靠不住的。于是，杨家的大旗再一次在老城这边飘扬。

他租界这边也用了一个奇招。

他花钱把杨记古董铺后边一个空仓库买下来，打通了隔墙。这仓库铁顶木墙，高大宽阔，纵深很深。他从老城那边找了三四十个倒腾古玩的小商贩在这里摆摊。待小商贩们把中国人的老东西五彩缤纷、五花八门地一铺开，这仓库就像一个魅力十足的古玩市场。租界里的洋人不用再跑到老城那边去找古玩市场了。它开在了洋人身边，一扭身就进去了。半年之后，这里便成了洋人们来天津必来逛一逛、十分好玩又必有收获的"黄金去处"。杨掌柜一句话切中其中的奥秘:"洋人最喜欢自己来发现。"

他目光如炬,能够看透买家的心理,买卖必然是战无不胜了。他还不时把马尔乐调到租界这边来,帮着洋人寻宝淘宝。洋人信洋人,买卖真叫他玩活了。

北京那边干古董的,都羡慕他,但那边没有杨掌柜这种人。

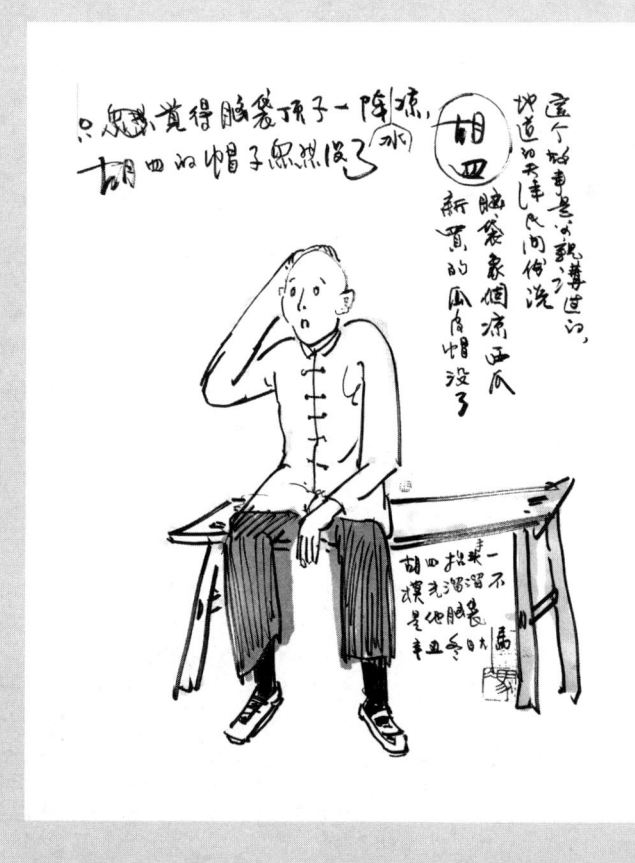

瓜皮帽

瓜 皮 帽

自打天津开埠，这地方有钱赚，四面八方的人便一窝蜂往这儿扎。有人说天津卫的地上就能捡到金子，这话不假，这话不玄。当然，就看你看没看见金子。

胡四是淮安人，县城里长大，念过几年私塾。家里穷，不过他人够机灵，眼里有活，手也跟得上眼。家里看他行，便经熟人帮忙，送到天津锅店街一家老药铺里学徒。

那时，由南边到天津都是坐船。胡四上船时，只有一个包袱，包袱里一身换洗的衣服，一双纳好的鞋。脑袋上一顶青黑色的皮帽，给他娘缝了又缝，反正怎么缝也缝不成新的。

胡四果然行。凭着干劲儿，拼劲儿，天生的麻利劲儿，很快就在老药铺伙计中站到排头，抓药称药捆药包——比老伙计更老伙计。天津卫药店里捆药包的纸绳都是用上好的牛皮纸捻成的，又细又亮又结实，跟细铁丝一般扯不断，可是在他又白又软的几根手指之间，松紧自如。捆好包，结好扣，要断开纸绳时，随手一挽一拉，"嗒"一声就断了。动作像戏台上青衣那样轻轻一摆兰花指，谁也不知这绝活是怎么练出来的。

这一切，药铺老板都看在眼里。

天津卫老板都会用伙计，年底算账关钱时，在付给他说好的薪水之外，还拿出两包银子。一包当众给他，这是为了给别人看，激励别人跟他学；一包私下给他，这是不叫别人看到，为了拉拢他。钱在商家那里，是做人情和拉拢人最好使的东西。

胡四拿到钱，心里开了花。

在老家县城里一年的辛苦钱，在天津卫竟然翻上三番儿。这次回家过年，他决心来个"衣锦荣归"。随即攥着钱上街，先给爹买上二斤劲大香浓、正经八百的关东的黄金叶子，再给娘买两朵有牡丹有凤凰有聚宝盆的大红绒花。至于哥哥、嫂子、侄儿那里，全不能空着手。桂顺斋的小八件和桂发祥的大麻花自然也要捎上两盒。他走过估衣街时，在沿街亮闪闪的大玻璃窗上照见自己，旧衣破帽，这可不行。混得好，一身鲜，一定要给自己换个门面。

他先去龙泉池剃头刮脸，泡个热水澡，除净了污垢，不仅皮光肉亮，身子顿觉轻了一半。跟着去买新衣新鞋，为了省钱，不买棉裤棉袄，只买了罩裤罩褂。从头到脚，帽子最要紧，听人说劝业场那边同陞和鞋帽店有一种瓜皮帽，是酬宾的年货，绒里缎面，物美价廉。胡四来天津已经一年，白天在锅店街的药铺里抓药，晚上就在店后边的客栈睡觉，很少四处去逛。

今儿为了买新帽子，沿着东马路向南下去，头一遭来到了劝业场。劝业场紧接着法租界，一大片新盖好不久的大洋楼，五彩灯牌哗哗闪，胡四好像掉进一个花花世界，一时心里生怕，怕丢了自己。

费了挺大劲儿找到同陞和鞋帽店，进去一问，店员果然拿出这种瓜皮帽。不单材料好，做工好，额顶前面还有一块帽正，虽非绿玉，却像绿玉。他的穷脑袋瓜子，从来没戴过这种这么讲究的帽子。只是尺寸差点，大中小三号。试一试，大号大，中号松，小号紧，怎么办？店员说："就这中号吧。您刚剃了头，其实帽子不松，是您的光头觉得松，过几天头发茬一长出来就不觉得松了。"

胡四也是当伙计的，知道这店员能说会道，句句在理，是卖东西的好手，便朝他笑了笑，付了钱。他把旧帽子摘下揣在怀里，新帽子往头上一扣，一照镜子，人模狗样，好像换了一个人，像个富人。

他美滋滋走出帽店。没几步，忽然几个人上来，把他连拉带架进一间大房子。胡四以为自己遭抢，拉他的人却挺客气，龇着牙笑嘻嘻说："您算赶上了——张寿臣说单口！要不是今天，您想听也没地界听。张大帅请他都得看他有没有时候。"

进来一看，原来是个相声园子。

一排排长凳子，他被安排在前三排中间一个空座坐下，拿耳朵一听，真好。

天津人爱听相声。相声园子和酒店一般多。胡四来天津这一年里，没少听相声。刚听时听不出门道，等到和天津人混熟了，就听出来相声里处处是哏，愈听愈哏，想想更哏。

现在一听张寿臣，可就一跟斗栽进哏里边了。

胡四正听得入迷。忽然，觉得脑袋顶子一凉，好像一阵凉风吹在头上。他抬手一摸，好像摸一个光溜溜滚圆的西瓜。光头！怎么是光头，帽子怎么没了？掉了？他回头往地上一瞧，嘛也没有，左右一看，两边的人都在听相声，没人搭理他。他再猫下腰去找，凳子下边干干净净，只有一些脚，都是周围听相声人的，其余任嘛没有。他问身后的人看没看见他的帽子。

身后一排凳子上坐着一人，长得白白胖胖，穿得可比他讲究——深黄色袍子上有暗花，黑皮马褂上垂着金表链，头上也一顶瓜皮帽，跟自己新买的那顶一样。这胖人笑着对胡四说："问我？你又没叫我帮你看着帽子。"然后说，"人多的地界，要想别挤掉帽子，得像我这样——"他抬起手指拉拉脖子下边。

胡四仔细一看，原来他帽子两边各有一根带子，绕过耳朵，在脖子下边结个扣儿。

胖人又说："这样，别人想摘也摘不去。"说完拉拉帽带"嘿嘿"笑了两声，站起来走了。

胡四丢了新帽，不肯花钱再买，仍戴原先的旧帽子回家，心中不免别扭，事后常常和人说起。帽子上安上帽带，以防脱落，固然有道理，可是他当时并没站在大街上，也没挤在人群中，而是坐在园子里听相声，怎么转眼就不见了？这其中的缘故，在淮安老家没人猜得出来。过了年，回到天津卫锅店街，他与药店附近摆摊的鞋匠说起了年前丢帽子这事。鞋匠听了，问他："你现在还不明白是怎么回事吗？"

"我怎么会明白，当时只顾听相声，脑袋一凉就没了。周围没几个人，都坐在那儿没动劲儿呀。"胡四说。

鞋匠哈哈大笑说："这不明摆着吗，那胖子就是偷你帽子的！"

胡四一怔，说："胡说什么呢。我可没看见他手里拿着我的帽子。"

鞋匠说："哪会在他手上？在他头上。他头上戴着的就是你的帽子。"

胡四："更瞎说了。他帽子虽然和我那顶一样，可那是人家自己的。人家帽子上有带子，还结在脖子上呢。"

鞋匠没接话茬，他从身边一个木箱里找出一根带子，只说一句："你看好了。"跟着把带子搭在脑袋上，再把垂在脸颊两边的带子，绕过耳后，结在脖子下边。

胡四没看明白这是什么意思。鞋匠伸过手来对他说："把你头上的帽子摘下来给我。"

胡四把帽子摘下来递给鞋匠，鞋匠接过去顺手往自己的脑袋上一扣，说："这帽子是你的还是我的？"

看上去真像是鞋匠的帽子，牢牢地系在他的头上。

鞋匠说："人家用一根绳，就把你帽子弄走了。"

胡四心服口不服，还在自辩："怪我当时只顾听相声。"

鞋匠笑道："你这段事可比相声还哏呢。"

小尊王五

小尊王五

保定府的李大人调到天津当知县，李大人周围的人劝他别去，都说天津地面上的混混太厉害，个个脑袋别在裤腰带上，天不怕地不怕。那时官场都怵来天津做官，可是人家李大人是李中堂的远房侄子，自视甚高，根本没把土棍地痞当回事。他带来的滕大班头又是出名的恶汉，谁敢不服？李大人笑道："我是强龙不怕地头蛇。"

李大人来到天津卫，屁股往县衙门大堂上一坐，不等混混来闹事，就主动出击，叫滕大班头找几个本地出名厉害的混混镇服一下，来个下马威。头一个目标是小尊王五。

王五在西城内白衣庵一带卖铁器,长得白白净净,好穿白衣,脸上带笑,却是一个恶人。不知他功夫如何,都知他死活不怕,心狠没底。在天津闹过几件事,动静很大,件件都叫人心惊胆战,故此混混们送给他一个绰号叫作"小尊"。他手下的小混混起码有四五十个,个个能为他担当死千[1],拿出命来。白衣庵东边是镇署,再往东过了鼓楼北大街就是县衙门。李大人当然要先把身边这根钉子拔了。

这天一早,几个小混混给王五端来豆腐脑、油炸果子和刚烙出来的热腾腾的大饼。大伙在院子里吃早点时,一个小混混说,这几天县大人叫全城的混混全要去县衙门登记,打过架的更要登记,不登记就抓。

王五说:"甭理他,没人敢来叫咱们登记。"

小混混说,县衙门的一位滕大班头管这事。这人是李大人的左膀右臂,人凶手狠,已经有几个混混落

---

1 死千:天津地方土语,也是混混的行话。死千表示担当出生入死的差事。

在他手中了。

王五说："这王八蛋住在哪儿？"

混混说："很近，就在仓门口那边一条横街上。"

王五说："走，你们带路！"说完，从身边铁器中"哗啦"拿起一把菜刀，气势汹汹夺门而出。混混一帮前呼后拥跟着他。

到了滕大班头家就"哐哐"砸门。滕大班头也在吃早点，叼着半根果子开门出来，见是王五便问："你干嘛？"

王五扬起菜刀，刀刃不是对着滕大班头，而是对着自己，嘛话没说，"咔嚓"一声，对着自己脑门砍一条大口子，鲜血冒出来。然后才对滕大班头说："你拿刀砍了我，咱俩去见官！"

滕大班头一怔，跟着就明白了，这是混混找他"比恶"来的。按照这里混混们的规矩，如果这时候滕大班头说："谁砍你了？"那就是怕了，认栽，那哪行？滕大班头脸上的肉一横说："你说得对，大爷高兴砍你，见官就见官！"

小尊王五瞅他一眼，心想这班头够恶。两人去到县衙，李大人升堂问案。小尊王五跪下来抢先把话说了："小人姓王名五，城里卖香干的。您这班头天天吃我香干不给钱，今早我去他家要钱，他二话没说，从屋里拿出菜刀给了我一下。凶器在这儿，我抢过来的。伤在这儿，还滴答着血呢。青天大老爷，您得给小民做主。"

李大人心想，我这儿正在抓打架闹事的，你县里的班头却去惹事。他问滕大班头："这事当真？"

如果这时滕大班头说："我没砍他，是他自己砍的自己。"也还是说明自己怕事，还是算栽。只见滕大班头脸又一横说："这小子的话没错。我是吃他的香干了，凭嘛给钱？今天早上他居然上门找我要钱。我给他一刀。"

小尊王五又瞅他一眼，心想这班头还真够恶的。

"你怎么知法犯法！"李大人大怒，左手指着滕大班头，右手一拍惊堂木，叫道："来人！掌手！五十！"

衙役们一拥而上，把掌手架抬了上来，拉过滕大班头的手，把他的大拇指往架子上一个窟窿眼里一插，再一掰，手掌挺起来，抡起枣木板子就打。"啪啪啪啪"十下过去，眼看着手掌肿起两寸厚；"啪啪啪啪啪啪"再十五下，前后加起来二十五，离着五十才一半，滕大班头便挺不住了，硬邦邦的肩膀子赛给抽去了筋，耷拉下来。

小尊王五在旁边见了，嘴角一挑，嘿地一笑，抬手说："青天大老爷！先别打了，刚才我说的不是真的，是我跟咱滕大班头闹着玩呢。我不是卖香干的是卖铁器的，他没吃我香干也没欠我债，这伤不是他砍的是我自己砍的，这刀也不是他家的是我铁铺里的，您看刀上还刻着'王记'两个字呢！"

李大人给闹糊涂了，不明白这个到底是嘛事。他叫衙役验过刀，果然上边有"王记"二字。再问滕大班头，滕大班头就不好说了。如果滕大班头说小尊王五说的不对，自己还得接着挨那剩下的二十五下。如果他点头说对，那就认栽了。可是他手是肉长的，掌心的肉已经打飞了，再多一下也受不住，只好耷拉脑袋，认头王五的话不假。

这一来李大人就难办了。王五说他是自己砍自己，那么给谁定罪？如果就此作罢，县里边上上下下一衙门人不是都叫这小子耍了？滕大班头还白白挨了二十五板子呢？如果认可王五说的是真的，不就等于承认他自己是蠢蛋，叫一个混混戏弄了？他心里边冒火，脑袋里没法子，正是骑虎难下时，王五出来给他解了套儿。只见王五忽说："青天大老爷！王五不知深浅，只顾取乐，胡闹乱闹竟闹到衙门里。您不该就这么便宜了王五，怎么也得给我掌五十！您把刚刚滕大班头剩下那二十五下也算在我身上，总共七十五下！"

李大人正有火没处撒，台阶没处下，心想这一来正好，便大叫："你这叫自作自受，自己认打。好！来人，掌七十五！"

王五没等衙役过来，自己已经走到掌手架前，把大拇指往窟窿眼里一插，肩膀一抬，手心一挺，这就开打。"啪啪啪啪啪啪啪啪"，随着枣木板轮番落下，掌心一下一下高起来，跟着便是血肉横飞。王五看着自己打烂的手掌，没事儿，还乐，好像饭馆吃饭时端上来一碟鲜亮的爆三样。挨过了打，谢过了县大人，拨头便走，把滕大班头晾在大厅。

事过一个月，滕大班头说自己手腕坏了，拿不了刀，辞掉官差回了保定府，整治混混一事由此搁下没人再提。天津卫小尊王五的故事从此又多了一桩。

谢二虎

谢 二 虎

谢二虎的爹谢元春在静海倒腾瓜果梨桃，用大车拉到天津三岔河口的码头上卖。卖水果在天津叫作"卖鲜货"，买卖好做又难做。天津人多，嘴馋，爱吃四季新鲜的果子，这买卖好做；可是码头人杂，横人多，强买强卖，强吃白吃，一个比一个厉害，这买卖又难做。

谢元春有三个儿子，大虎二虎三虎，自小就跟着爹来天津这边卖鲜货，常见爹受气，却惹不起那些土棍，只能把这口气憋在心里。二虎暗暗立下大志，练好一身功夫，谁也不怕。谢家哥仨天生身体棒，人高六尺，膀大腰圆，从小好练，力大无穷。

谢元春岁数大了之后，不再卖鲜货。三虎开一个粪厂，晒大粪卖给农人种地。二虎跟着大虎在白河边当脚夫，凭力气吃饭，背米扛活，装船卸货。哥俩能干四个人的活。人是铁饭是钢，能干活更得能吃。大虎疼弟弟，二虎能吃，就叫他敞开肚子吃。大虎一顿吃四个贴饼子，二虎吃八个。一次大虎拉他去南市增福饭馆吃猪肉烫面饺子，解解嘴馋，大虎吃了三屉，二虎一口气干了十屉。把增福饭馆的老板伙计全看傻了。大虎喜欢看二虎狼吞虎咽，还有吃饱肚子两眼冒光的样子。哥俩赚的钱除去养爹妈，多半填进二虎的肚子。

天天吃得多，年轻不怕累，活儿重反倒练了身子。特别是二虎，渐渐比大虎高了半头，骨强肉硬，赛虎似牛，走在街上叫人生畏。大虎总对二虎说："咱们不怕事，但也决不惹事。"

二虎听兄长的话，但码头这地方——你不惹人人惹你。

一天，打沧州来一个汉子，力蛮会武，个头比二虎矮，肩膀却和二虎一边宽，黝黑黝黑，一身疙瘩肉。那天，二虎干完活正要回家，沧州汉子拦道站着，扬着脸儿问二虎想比力气，还是摔一跤。二虎见身边正在码苞米。一大包苞米一百八十斤，码起来的苞米垛赛一座座大瓦房。二虎走过去，单手一抓，往上一提，没见他使劲儿就把一人高的苞米包提起来，弓腰一甩手，便扔到苞米垛子上边去。跟着手又一提，腰一弓，再一甩，很快地上八个大苞米包都扔了上去，好像扔上去的是烟叶袋子。完事他拍了拍手上的土，笑吟吟看着沧州汉子。那意思好像是说，你也叫我扔上去吗？

只见沧州汉子黑脸变成土脸，忽然掉头就跑，从此再也没在码头上露面。

二虎的名气渐渐大了，没人敢惹，致使码头这边太平无事。可是一天又一伙混混来到码头，人不少，五六十号，黑压压一片。

这群混混中间有个人物极是惹眼，看上去四十多岁，不胖不瘦，也不强壮，长得白净，穿得也干净。别人全是青布衫，唯独他利利索索一身白仿绸裤褂、皂鞋、黑束腰，辫梢用大红丝绳扎着，像个唱戏的，可在眉宇之间有一朵乌云，好像随时要打雷。他往码头上一站，混混就朝二虎这边喊："虎孙子出来！"

二虎人高马大，谁也不怕，他冲着这白衣混混问道："你是谁？"

码头的脚夫中有见多识广的，心想这不是天津卫数一数二的武混混"小尊王五"吗？遇见他就是遇到祸。你二虎这么问他，不是诚心找死吗？

小尊王五看着二虎，嘴一咧，似笑非笑，神情有点瘆人。

二虎见他不说话，不知往下怎么说。

忽然，小尊王五往地面上瞧瞧，找一块平整的地方走上去，脱下褂子，腿一屈躺在地上，然后对身边一胖一瘦两个小混混说："抬块石板来！二百斤以下的不要！"

两个小混混闻声而动。二百斤的石块太重，两个混混抬不动，又上来几个混混一起上手才把石板抬过来。小尊王五说："压你爷爷身上！"

小混混们不敢，小尊王五火了，混混们便把这块二百斤的青石板压在小尊王五身上。这一压要是别人，五脏六腑"扑哧"一声全得压出来。小尊王五却像盖床被，严严实实压在身上，没事。

小尊王五不搭理二虎。这是混混们的比狠比恶，这狠和恶不是对别人，是对自己。而且——我怎么做，你也得怎么做。我对自己多狠，你也得对自己多狠。你敢比我还狠吗？

二虎在码头上长大的，当然懂得混混这套，他不怕，也脱下褂子，像老虎一般躺下来。他要的却不是石板，而是叫脚夫们搬一个大磨盘来。那时天津正修围城的白牌电车道，用石头铺道，磨盘比石块好铺，码头上堆着不少大磨盘。磨盘又大又重，一个至少三百斤。大磨盘往二虎身上一放，都以为二虎要给压成一张席子，没想到二虎笑嘻嘻地说："一个磨盘不够劲儿，再来一个。"

众人觉得这两个磨盘很快就会把二虎压死，二虎却叫那两个给小尊王五抬石板的小混混过来，一人抱一块石头放在磨盘上。这两块石头再放上去至少七八百斤！二虎还嫌不好玩，又对那两个小混混说："你们俩也别下来了，就在上边歇着吧！"

下边的事就是耗时候了。谁先认输谁起来，谁先压死谁完蛋。大伙谁也不吭声，只见小尊王五脸色渐渐不对了，鼻子眼儿张得老大。可是他嘴硬，还在骂骂咧咧地说："我怎么看虎孙子闭上眼了呢，压死了吧。"

众人上去一看，二虎确实闭着眼也闭着嘴，一动不动，像是没气了。于是，两边的人一起上去，把二人身上的石头都搬了下来。

混混那边把小尊王五身上的石板抬走后，只见小

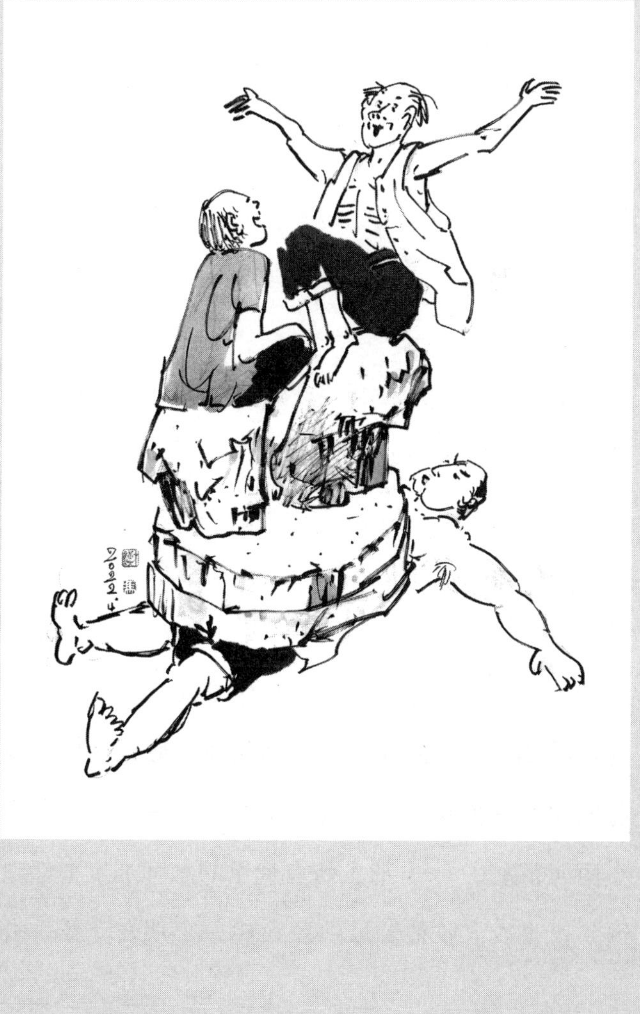
2002.4.

尊王五好像给压进地面了，费了半天劲才坐起来。脚夫这边将压在二虎胸口上的石头和磨盘刚刚搬下来，二虎忽然睁开眼，一挺肚子就生龙活虎蹿起来了，一边拍身上的土，一边笑呵呵地说："我睡着了，梦见和我哥在吃包子呢。"

脚夫们只管和他说笑，再看小尊王五一伙人——早都溜了。

打这天开始，没人再来码头上找麻烦。二虎的大名可就贯进城内外的犄角旮旯。

世人把二虎看成英雄，二虎却嫌自己的武功不行，他从小练的是大刀铁锁石墩子，没门没派没拜过名师，没有独门绝技。于是他求人学武，人家一看他的坯子，没人敢教。他站在那儿像一面墙，老虎还用教它捕猎？他把城里城外、河东水西，直到小南河霍家庄——沽上所有武馆的名师那里全都跑遍了，也没人收他。最后经大虎一个朋友介绍，去见一位绝顶高手，此人大隐隐于世，只知道姓杜，不知叫嘛，六十开外，相约他在东南城角清云茶楼二楼上见面。

二虎按时候去了。楼上清闲，有三两桌茶客喝茶，其中一桌只一位老者，但看上去绝非武林中人，清癯面孔，小胡子，骨瘦如柴，像南方人。他便找个靠窗的桌子坐下来，要壶花茶边喝边等着。

等了许久也未见人影，扭头之间看到一个景象叫他惊愕不已。只见一直坐在那里饮茶的老者，竟然是虚空而坐，屁股下没有凳子！没有凳子，他坐在哪里？凭什么坐着？全凭这匪夷所思的功夫坐了这么半天？这是嘛功夫？

就在他惊愕之间，那老者忽说："你给我搬个凳子来。"老者没扭过脸，话却是朝他说的。

他慌忙搬个凳子过去，放在老者屁股下边，老者下半身挪动一下，坐实了凳子，手指桌子对面说："你坐在这儿。"然后正色问二虎，"你要学功夫？"

二虎迫不及待说:"我要拜您为师,跟您学真本事!"

不料老者说:"你学本事有嘛用呢?"进而对二虎说,"学武功,目的无非两样,一是防身,一是打人。你这么威武,还需要防身吗? 那你学武干嘛? 想打人吗?"

二虎摇着双手说:"我不想打人,从小到现在没打过人。人不欺负我,我不会打人。"

老者笑了,说:"你这样儿谁敢欺侮你。你再会武功,没准去欺侮人。"他摸摸胡须,沉吟一下说,"有功夫不是好事。像你这样,没人欺侮才是天生的福分,我没你这福分才练功夫。记着,比福多一点就不是福了!"说完,起身便走。

二虎起身要送,老人只伸一根细如枯枝的手指,便把他止住,他觉得胸脯像给一根生铁棍子顶着。

二虎后来再没见人有这功夫。据大虎说,这人曾是孙中山的保镖,早退休不干了。

后来,二虎就按这老人的话活着,没再学功夫,也没人欺侮他,快活一辈子。

齐眉穗儿

齐眉穗儿

庚子那年，八国的洋兵联手占了天津，几百年花团锦簇般的老城被刀光剑影洗劫一空。洋兵还与官兵合力，将闹事的拳民赶尽杀绝。几个月前满城的红头巾红兜肚红幡旗全都不见了，只有到处血迹斑斑。洋兵还要剿除红灯照，见到穿红衣的女子举枪就打，一时津门女子不敢身穿红衣。

洋人怕天津人再闹事，凭借高高的老城墙与租界对峙，便扒掉城门楼子，把老城推了，填平护城河，好像给天津剃了光头，换了另一番景象。在这改天换地的大折腾中，俞占山得了便宜。俞占山原本是侯家后一个大混混，靠着耍横吃饭。现在洋人一来，他挺机灵,紧劲儿往上贴,给洋人办事,讨洋人欢喜,后来直隶衙门建立起来,衙门里洋人说了算,便赏给他一个官差,叫他掌管城北一带的治安。这种使横的差事对于他再好干不过,还有油水可捞。俞占山手下小混混成群,一个比一个凶,管起人来轻而易举。这就把黑白两道捏在一起,既有势又有钱,比起原先单崩儿一个混混厉害多了。

一天早上,家丁开大门时,见地上有封信,多半是夜里从门缝塞进来的。信封上用毛笔写了"俞占山"三个大字,墨色漆黑,有股子气势,好似直冲着俞占山来的。打开一看,上边只写了几句话:

老娘等着用钱,包上二十根金条,今天后晌放在你家后门外的土箱子[1]里,明天天亮前老娘来取,违命砍头!

---

1 土箱子:天津人对垃圾箱的俗称。

没有落款，不知是谁。

看信，一口一个老娘，老娘是谁？孙二娘还是扈三娘？这老娘们这么横，居然敢找上门要金条，找死吧！他嘿嘿一笑，想出一条毒计。

等到下晌，他拿出二十根金条包成一包，叫人放在后门外小道墙边的土箱子里。

这小道不是路，是两座大房子高墙中间极窄的一条夹道。城北一带这种夹道挺多，都是为了防止邻居失火，灾祸殃及，相互留一条空儿。可是这种夹道极窄，五尺来宽，走不了车，最多只能走一个人。

高宅深院的大门都临街，夹道里边很少开门。俞占山的宅子大，挨着夹道开了一个单扇的后门，为了给用人去买菜和倒脏东西。土箱子就在后门对面，靠墙放着。这种憋死角的地方，好进不好出，居然有人敢用。真若把金条放进土箱子，怎么来取？取了之后出得去吗？叫人两头一堵，只有乖乖被拿下。这实际上是个捉人的好地界。这娘们，怎么偏偏选这么一个地方来取金条？找死？

俞占山叫人把金条放进土箱子，上边倒些炉灰、脏土、菜叶，盖上盖儿，然后在夹道两头和后门三处的屋顶上安排了伏兵，总数大约十来个人，全穿黑衣，天一晚便混在夜色里，衣襟里裹斧藏刀，趴在房屋上不出声。特别是潜身在后门上边的几个，身手都好，只等着来拿金条的人一出现，跳下来一举擒获。

整整一个晚上，俞占山都在堂屋里喝茶抽烟，不急不躁，等着"贼人"落入陷阱，可是他从午夜，数着更点，一夜慢慢过去，直到天亮，也没见动静。俞占山眼睛一闪，好像忽然明白了什么，他说："我给耍了，金条放在土箱子里，根本没人取，也没人敢取。这是诚心耍我！"跟着，他派人到后门外，去把土箱子里的金条取回来。

可是取金条的人空手回来说，土箱子里的金条没了！

怎么会？十多个大活人，瞪着大眼守了一夜，连个野猫也没放过，一大包金条凭空就没了？没法信，也没法不信。炉灰烂菜都在土箱子里边，可就是没有金条。

俞占山非要一看究竟不可。他跑到后门外，叫人把土箱子翻过来，箱子里除了垃圾嘛也没有。俞占山眼尖，他一眼看到土箱子挨着墙的那几行砖不对，砖缝的灰没了，露出缝子。他弯下腰，用手一抠，砖是活的。他脑子快，再翻过土箱子，一拉箱板，竟然也是活的。这土箱子里的金条是从墙那边取走的！他立马带人走出夹道，转身去到邻家的平安旅店。

旅店的牛老板吓坏了，天刚亮，怎么俞占山就带人闯进店来，自己惹了嘛事？俞占山说他要查店里挨着外边夹道的所有房间。牛老板就越发不明白，为嘛要查这些房子？但俞占山谁敢戗，领着他们去查就了。每查一间就连东西带人大折腾一番，却嘛也没查到。牛老板说:"后边还有个小院,外边也是夹道。"

俞占山一班人到了楼后小院去看,院里很静,有花有草,墙上爬满绿藤。他们扒开绿藤一看,就明白了。挨着地面的三行砖全动过手,砖是活的,拿下这几块砖,露出一个透着亮儿的小洞,外边就是土箱子。土箱子靠墙的箱板是木板,也是活的,一拉就开。真相大白了! 土箱子里就是有聚宝盆,从这儿也端过来了。

俞占山已经气得嗷嗷叫,喊道:"谁住这儿!"

牛老板说这院子只有两间小房,不通楼上,全是下人住的房子。好久不住人了。

可是管柜台的黄三说,前两天住进过一个女子,单身,求安静,想住到后楼,后楼人满了,就在这后院收拾出来一间小房租给了她。她说要住五天,但住到昨天后半夜,她说有急事要走。人家住了三天,给了五天钱,再说住店随便,不能拦着,这女人早就走了。

俞占山听了一怔,果然是个女的。再问,并不像想象中的五大三粗,那人个子不高,岁数不大,身材爽利，像有点功夫的人。斜背一个包袱，头上裹着蓝布，模样看似挺俊。可是她总低着头，前额留着齐眉穗儿，下半张脸像蒙了半块纱，看不清楚。

俞占山说："嘛样都说不清楚？你一个管住店的，能不看客人，能不记得人的模样？这人是你勾来的吧！"

黄三差点吓尿裤子，摇着双手说："不不不，我哪认得。这人确实不太一般，齐眉穗儿特长，把两眼都快遮上了。不过，现在一寻思，真不像一般妇道人家。"

俞占山只说一句："放嘛屁！"便不再搭理黄三，派人楼上楼下，店内店外，街前街后，找这个留着"齐眉穗儿"的女子。直到响午，也没见到影子。

俞占山知道找也没用，肯定早溜了。背着几十条金子，还不赶紧脱身，人多半已不在天津了。渐渐他脑袋里浮出一个人影来：去年伏天拳民势盛时，他的锅伙在运河边，一拨红灯照女子来找他，问一个名叫余方胜的"二毛子"的事，这"二毛子"也是个有名的混混。为首的红灯照挺凶，就是留着很长的齐眉穗儿。个头不高，气势压人。她甩头时，雪亮的眼神在齐眉穗中一闪，宛如刀光，给他的印象很深。

这个女子岂不就是那个女子。如若不是，不会指名道姓地来找自己。她和自己打过交道，肯定知道自己的底细。现在自己在明处她在暗处，不能不防！凡事小心一点，手脚收敛收敛才是。

过了两个月，俞占山从洋人那里听说静海一带有红灯照招人买枪，又要闹事。可是不久官兵去弹压，打散了。据说这伙红灯照买枪用的钱是金条，那肯定就是这个"齐眉穗儿"了。现在被官兵打散了，该肃静了吧。

再过些日子，外边真的没什么动静。俞占山的胆儿又壮起来，一些缺德的事又开始伸手伸脚了。一天早上，他起来漱口洗脸，走到堂屋中间伸个懒腰，正打算喝杯热茶，扭头看见八仙桌上放着一件什么东西，拿起来看是块黄布。俞占山在纳闷中,忽地一惊,这不是半年前包二十根金条的那块布吗? 怎么会放在自己家堂屋的八仙桌上。整晚上大门紧闭,屋门窗扇也好好关着,还有人打更巡夜,谁会幽灵一般进来,轻轻松松把这块黄布放在这里,这人是谁? 肯定就是那个奇女子齐眉穗儿!

秦六枝

秦 六 枝

咸丰庚申年后,洋人开始在天津开埠,设租界。一下子,天津卫这块地便大红大紫,挤满商机,好赛天上掉馅饼。要想赚钱发财,到处有机可乘。于是,江南各地有钱的人都紧着往这儿跑。

这些江南富家大户不仅有本事弄钱,还会享福。他们举家搬来天津时,大多还带上五种人:管家、账房、贴身丫鬟、厨子和花匠。有这五种人,活得舒坦。管家管好家,账房管好账,丫鬟管好身边事,厨师做好一日三餐,花匠养好屋前屋后的花花草草。江浙人把花看得重,花要养得美,养得有姿有态,养得精致。他们看不惯北方人,有点大红大绿就行了。至于花园,不仅收拾漂漂亮亮，还要有滋有味。

秦六枝是虞山人，虞山人自古都善画。清初时，画得最好的是王石谷，王石谷自己创立了虞山画派，压倒了当时画坛所有名家。秦六枝自小爱画，有才气，人长得也秀气。六枝是他的外号，据说他很年轻就能画好这六种枝叶：一是松枝，二是柳枝，三是梅枝，四是竹枝，五是寒枝，六是春枝。都说他画画会有出息，可是他命不行，上边几代人全是穷花匠。富人善画，可以出名，画可以卖钱；穷人爱画，难出大名，画不能卖钱。家里没钱养活他画画，他身上这点才气打小就给憋住了。要想活着，还是和泥土花木打交道，他心里的画渐渐就混进园艺中了。若是叫他拿花草树石配个景儿，他干起来都像画画。

苏州一位富人陈良哲搬到天津时，把秦六枝一家人带来。秦六枝的父亲秦老大在陈家干了半辈子花匠，为人老实巴交，花儿摆弄得好，把院子交给他放心，陈家迁到天津那年，六枝十八岁。

陈良哲把家安在北门里的府署街，那一带全是深宅大院，灰墙黑门，古木纵横。秦老大住在陈家大宅后边一条小街上，两间砖房，一个长条小院，院里还有口井。平民百姓，在天津有这么一个窝就很不错了。陈家老爷在租界那边还有一处花园洋房。秦老大父子要两边忙，租界老城来回跑，六枝常常给父亲当帮手。后来两边事多，都离不开人，爷俩就分工，秦老大在租界那边忙，秦六枝在老城这边干，有空时帮着母亲在小院养些小花小草，摆在家门口卖。

六枝人灵手气活，花儿在他手里一摆弄就分外鲜亮。尤其是他养的草茉莉花，只要端一盆往门口一放，那香味就立刻勾住街上的人，被人请走。六枝愿意在家养花，不愿意去主家干活。在家养花由着自己，想养哪种养哪种。扶苗培花，修枝剪叶，全凭自己的眼光。一盆花若是养得有姿有态，婀娜招人，惹来喜欢和夸赞，他就像画出一幅好画那么高兴。可是，在主家干活就不同了。你在花丛下边摆一块石头衬一衬，主人家可能说看着堵心。你在亭子侧面栽几根细长的绿竹，添点情致，主人家会说"挡眼"。你呢，马上就得改。

六枝懂画，懂园林，人自负，可是不能违抗主家。园子是人家的，只能顺从人家。一次，为了园子里种什么花争不过主家，心里不舒服，禁不住跟父亲说："说什么我将来也得给自己造个园子，准是天下第一。"

父亲骂他："天津城里有几个爷造得起园子？你敢说这狂话？"

儿子大了，真不知道他是怎么想的了。

几年过去，陈家老爷买卖做得好，外边的事愈来愈多，官场商场的事多在租界那边了，人也常在那边，住在老城不方便，家就一点点挪过去了。手下的原班人马跟了过去。秦老大和老婆也住到租界去。只留下六枝看守府署街这边的大房子。可是东西一点点搬走，这房子便空了大半。六枝守着这高宅深院无事可干，

半城園

就在这大院里养点花，养好了，送到租界那边去。快过年时，他依照天津本地的习俗，养了金橘、蜡梅、水仙和朱槿牡丹四样，各八盆，运过去。花儿叶子养得饱满光鲜，正好除夕开花，叫主家一家十分欢喜。秦老大觉得脸上有光。

可是这种日子不会长，大房子不能总扔在城里当花房用。陈良哲是商人，商人手里不能有死钱，也不能叫任何一样东西窝着，便把这房子卖给了一个住惯老房子的徽商。只留大院东边一个院落，暂存一时难以处理掉的家具和杂物，以及大院中一些石雕的桌子、凳子、奇石。秦六枝去河边找来几个脚夫，足足用了一个月，把东西都堆在东边一个小院落里。完事这小院落就归秦六枝看守了。

自打头一天，把大院石头木头的物件搬到这边小院时，秦六枝就动了心思。他心中忽想，何不利用这些东西，在这小院里造出一个自己脑袋里的"园子"来？反正这些东西是要堆在院里的，怎么堆也没人管。

他白天想夜里思，琢磨这些东西怎么摆，怎么攒，怎么配。他在脑袋里想，心中画，纸上改。然后叫脚夫们把东西依照自己画的图纸搬放。这些脚夫不知为嘛非这么摆那么放，费了牛劲，才把这些死重的东西折腾好，完事六枝把门一关，自己一个人开始大干起来，干的嘛谁也不知。街坊们只是看到他在忙，或是扛一袋重重的东西回来，不知袋子里边装着嘛，或用小车推进去一棵老梅树桩。房子都卖了，还种嘛树？

反正他一个人没人管，娘跟着爹在租界那边，秦老大只知道他在这边看守着老屋，养养花。逢到换季，用手推车往租界送些花，每次都是香喷喷、花花绿绿的一车。

转年入夏，秦六枝送二十盆五彩月季到租界这边，临走时对秦老大说："爹要是哪天得空，到老城那边看看。"

秦老大说："破房子破院看什么？"

六枝说:"自然有的看。"说完笑了笑。

秦老大不信这小子能养出什么奇花异卉,寻到了空儿,就去了老城。

秦六枝白天守着那个堆东西的院落,晚上还是住在原先小街上那两间小屋里。秦老大许久没回来过了,进去一看,屋外全是花,屋里老样子,只是到处是些纸,画着各式各样山石花木。秦老大问他画这些东西干嘛用,六枝没吭声,把他爹领出来,走到府署街,沿着老宅子侧边的高墙走不远,一拐,来到一扇又窄又长的门前。六枝掏出钥匙开锁。

秦老大说:"你得常来这里查看查看。这里边的东西不怕偷,就怕火。"

六枝说:"我一天来好几回呢。"说着门儿咔嚓一声打开。

秦老大一迈进门槛,就闻到一股气味,不是堆东西的仓库味儿,而是一片清新、浓郁、沁人之气扑面而来。他是一辈子花把式，知道这气味儿只有深山里有。这老房子里怎么会有这种气味。待推门进了屋子，里边堆满旧家具，窗户全关着，但是山林的气味反而更加深郁更加清透，还有种湿凉的气息。六枝知道父亲心里疑惑什么，他上去把临院子的十二扇花窗"哗啦"打开。秦老大突然看到一幅绝美的山水园林的通景，立在面前！只见层层峰峦，怪石崚嶒，巉岩绝壁；还有重重密林，竹木竞茂，蒙络摇缀。再往纵深一看，中有沟壑，似可步入。不知不觉间，秦老大已经给六枝引入院中，过一道三步小桥，桥有石栏，桥下有水，水中有鱼，怡然游弋。桥头一洞口，洞上藤蔓垂拂，洞畔花枝遮翳；涧流清浅，绿苔肥厚，这淙淙水流从何来？

六枝引父亲穿过石洞。洞虽小，极尽曲折；路不长，婉转萦回。待走出石洞，人已在高处，完全另一番景象；再拾级而上，处处巧思，许多兴致。秦老大看见一块石笋后边，有个木头亭子，两边竹篁相衬，

头上梧桐覆盖,坐在其中,别有情味。再看,这巨大的梧桐是从邻居院中伸过来的。秦老大说:

"你这'借景'借得好。"

父亲是夸自己,六枝心里得意,说:

"我这亭子,是把您原先在大院东北角做的那个'半亭'挪过来的。"

"看到了,你这里的东西,都是巧用原先大院子的东西,真难为你了。这小院不过半亩多地,叫你做出这么多景来!"秦老大不禁感慨地说,"当爹的最不该小看了儿子!"

秦六枝听了这话,"扑通"给他爹跪了下来。

事后,秦老大想办法,将陈家老爷请到老城这边来,看看六枝造的这个园子。陈老爷看得大惊大喜,呼好呼妙。说他看了太多园子,却"无出其右","可以一览众园小了"。老爷的隶书写得好,给这园子题名为"半亩园"。当即刻匾、悬匾,叫人把房中堆放的杂物清理出去，收拾好待客，还不断邀请朋友来观赏，友人无不称绝。从此六枝和他爹受到老爷另眼看待。

然世上的好事难以持久。三年后，庚子变乱，英国人的一颗炮弹落到半亩园中，成了一堆野木乱石。陈家老爷避难于上海。避难用不着带着花匠，秦老大一家只能逃回虞山老家。但这一走，从此音信皆无。

田大头

田 大 头

辛亥后那些年,天津城里出了一位模样出奇的人——个子不高,头大如斗;不是头大,而是大头;肩上好赛扛一个特大的三白瓜,瓜重扛不住,直压得后背微微驼起来。脑袋太大还不好扭头,要扭头时,只能转身子。再有,脑袋太沉,头重脚轻,不好快走,走不好就向前一个大马趴,一个"大"字趴在地上。这样的人走在街上谁不看上两眼?

大头本名叫田少圃,但除去他爹,没人知道他的名字,都叫他田大头。田大头是富家子弟,祖上能干,赚钱兴家,买地盖房,成了南门里一个富户。长辈兴业发家,后辈坐享清福,不用干活,吃好穿好,有人侍候。田家祖上的家底太厚，田大头的父亲就一辈子嘛也没干，也没坐吃山空，到了田大头这一辈接着再吃。可是这个人走起路来都晃悠，还能叫他干什么，反正家里有米，锅里有肉，腰里有银子，不犯愁就是了。

田大头没嘛心眼儿，天性平淡，人憨厚，从来不想出类拔萃，也就没愁事，活得清闲又舒服。他平生就三大爱好，一是好吃，一是好听玩意儿，一是好玩抓阄儿。有人说他没主意，所以碰事就抓阄儿。

天津是九河下梢，水陆大码头，东西南北的河都通着天津，各地好吃的，好看的，好听的，人间百味，民间百曲，世间百艺都会不请自来。天津人有口福，也有耳福和眼福。田大头在天津能活得不快活？

人要有钱，过得好，活得美，就会围上来一帮人帮吃帮喝，陪玩陪看，哄笑哄乐。城里一些浪荡公子和有闲清客就涌了过来，一起陪着他把天津城内外大大小小酒楼饭店挨家吃。天津卫的饭馆满街都是,不管鲁菜粤菜苏菜闽菜湘菜川菜浙菜徽菜潮汕菜还是满汉全席,要嘛有嘛。你一天最多也就吃一个馆子,一年最多不过三百个馆子,天津卫现有的饭铺够你一天一个吃上十年二十年,还有数不过来的要开张的馆子排着队等在后边呢。更别提那些戏园子里数不过来的听的看的演的——戏曲说唱杂耍马戏名班名角名戏名段子了。

田大头最喜欢的事是,在馆子里酒足饭饱之后,乘兴决定晚晌到哪个戏园子里听戏听曲听快板或说书。每到这个时候,一准要拿出他最欢心的游戏——抓阄儿。抓上什么去看什么。

有个白白胖胖的机灵小子,叫梅不亏,整天在田大头身前身后跑来跑去。他只要一听田大头说抓阄儿,立即起身跑到柜台,从账房那里要一张纸,裁成小块。今天吃饭几个人,就裁成几块。分别写上本地最叫座的几个戏园子的名字。每个园子演的戏曲说唱都不一样，演出的节目和演员也天天更换，但是没有梅不亏不知道的。

梅不亏更知道田大头喜欢听哪种戏、哪出戏、哪个角儿。每当梅不亏把写好的阄儿放在一个空碗里，大家就嚷着叫着让田大头第一个抓。那些阄儿上边写的戏目和节目都是田大头喜欢的，无论抓起哪个，打开一看，田大头准都会高兴。大家便说他手气好，他抓的都是大家最爱看最想看的。他替大家抓了，大家便都不抓了。

反正哄他高兴、掏钱，大伙白玩白乐呗。

这伙人和田大头还玩一种抓阄儿。就是每当吃一顿大餐后，该付账时，就抓阄儿。一般的饭钱全由田大头付，吃大餐钱多，抓阄儿合乎情理，也刺激有趣。这个阄儿还是由梅不亏去做。抓这种阄儿的规矩是，只有一个阄儿画着"圈"儿，表示花钱，其余的阄儿都是空白，不花钱。谁抓上画圈儿的阄儿谁掏钱。

每次抓阄儿时也是大伙嚷着叫着让田大头第一个

抓。但奇怪的是，不管田大头怎么抓，打开一看，阄儿上边准画着一个墨笔的"圈"儿。

既然他抓上了，别人就不抓了，再抓一定全是白纸。

每次田大头抓到画圈的阄儿，都站在那儿傻乎乎地笑，然后晃晃悠悠去到柜台付钱。

如果有人跟他客气，争着付款，他都摆摆手笑道："应该的，我手气好。"

他付钱，好像理所当然。谁叫他钱多，就该他花钱。吃大头嘛！原来天津卫"吃大头"这句话就是从田大头这儿来的！人家田大头呢，天生厚道，傻吃傻玩，乐乐呵呵，从不计较。

他怎么也不想想：为嘛自己每次抓的阄儿都画着圈儿？为嘛从来没有抓过白纸的阄儿？

他一直这么糊里糊涂、美滋滋地活着。直到父亲去世后，没人给他钱花了，这才知道父亲留给他的，原来不是吃不完用不完的金山银山。钱是有数的，花一点少一点。

他自然不再由着性情往大饭庄好菜馆里跑了。嘴馋了，就去街上的小馆里要几个炒得好的小菜。这一来原先围在他身边混吃混喝的浪荡公子们全瞧不见了，只有梅不亏时不时露个面儿。

这天梅不亏来他家，一直坐到下晌吃饭的时候还不走，明摆是等着田大头拉他到外边吃一顿。直教田大头坐不住了，站起来对他说："南门外新开一个馆子，不算大，可是挺实惠，专吃河蟹，实打实七里海的河蟹，现在七八月，顶盖儿肥，你去尝尝鲜吗？"

梅不亏白胖的脸儿笑开了花，他说："只要陪着您，蝎子都吃。"随后就连蹦带跳跟田大头去了。

一大盘子的粉肚青背的大河蟹，没多少时候，就叫田大头和梅不亏吃得丢盔卸甲，一桌子残皮烂壳。朝这堆东西中间一看，便知哪些是梅不亏吃过的，哪些是田大头吐出来的。梅不亏决不叫一点蟹黄膏脂留在甲壳里，田大头向来连皮带肉一起嚼，嚼过就吐。梅不亏对大头说："这银鱼紫蟹可是朝廷的贡品，老佛爷也不舍得还带着肉就吐了。"

两人吃得满腹河鲜，满口蟹香，再加上直沽老酒上了头，美滋滋晕乎乎。梅不亏觉得这个田大头人真的挺好，像一碗白开水，几十年来总一个劲儿，从不和人计较什么，该付钱时准由他付，自己没掏过腰包。想到这儿，他身上不多的一点义气劲儿冒了上来，说："今儿的河蟹我请了。"

田大头摇摇手笑着说："不跟你争，如果你想付，还是得按老规矩，先抓阄儿。"然后一指柜台那边说，"还是你去做阄儿。"

抓阄儿？已经多年没玩过了，现在一提，触动了梅不亏。梅不亏心里边有一点事，虽然这事过去了多年，此刻禁不住还是说了出来："有个事在我心里，一直弄不明白，我得问问您——就是抓阄儿这事。当年我们一起吃饭，到了该付钱时候，您干嘛非要抓这个阄儿不可？"

"我好喜，好玩呗。"田大头说。

"为嘛每次您都要头一个抓？"

"你们不是叫我头一个抓吗？"田大头说。

"可为嘛每次画圈儿的阄儿都叫您抓上？您想过没有？"梅不亏说完，两只小眼盯在田大头脸上，认真等着他的回答。

"手气好呗。我娘说过，我打小命就好，手气好。"田大头说，说得挺得意。

显然，梅不亏心里的问号还是没解开。他接着往下问："您每次抓上那个画圈儿的阄儿之后，为嘛不打开看看别的阄儿？"

"看别的阄儿干嘛，一定都是白纸了！"

"每次的阄都是我做的。您就不怕我把所有阄儿都画上圈儿，叫您无论抓上哪个阄儿，都得付钱？"

"你不会。"田大头说完，摆摆手，咧开嘴傻乎乎地笑了。

一二

梅不亏两眼盯着他,疑惑不解。田大头是真不明白,还是装糊涂?他为嘛装糊涂?但他今天似乎非要弄明白不可,接着再问:

"您现在不想问问我吗?"

"问你干嘛,那些饭咱早吃过了,钱也早付完了。"

"您就从来没疑惑过这事吗?"梅不亏已经是在逼问了。现在就差自己把实情说出来。

"疑惑个嘛呢。你们不就是叫我请吃个饭吗?抓阄儿不就是为了一乐吗?不抓阄儿我也一样掏钱——"田大头沉吟一下,说了一句很特别的话,"叫别人掏钱,我过意不去。"

这句话叫梅不亏怔住。

如今,田大头这样的人没有了。这样大头的人也没有了。

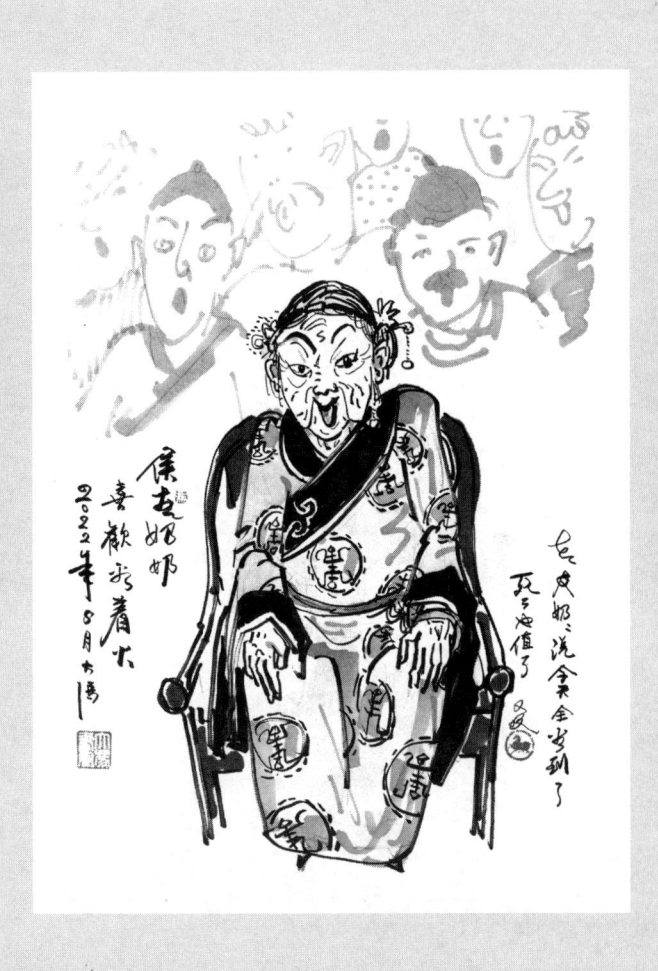

侯老奶奶

侯老奶奶

天津卫，阔人多，最阔要数八大家，就是无人不知的天成号韩家、益德裕店高家、长源店杨家、振德店黄家、益照临店张家、正兴德店穆家、土城刘家和杨柳青石家。有的由粮发家，有的贩盐致富，有的养船成豪。这些豪富们高楼巨屋，山珍海味，穿金戴银，花钱当玩。

人阔了就要招摇。官家要炫势，阔人要摆阔，名人要扬名。

阔人总得有阔事。于是，办起红白喜事，你从东城闹到西城，我从城里闹到城外；开粥厂济贫，你一连七天，我一连三个月。可是这些事多了就不新鲜。

既然是阔事，总得要人记得。不然花钱也是白花。有人说海张五家掏钱修炮台，算一件阔事。可是细想想，他修炮台这事，不过是为了向官府讨好，哪个生意人不谄媚于官家？这算不上纯粹的阔事。

咸丰十年夏天，西城的侯家干了一件事，不仅八大家无人能比，古今没有，空前绝后。

马上侯家的老奶奶要过八十大寿了，全家筹备，忙上忙下，以贺老寿星的耄耋之喜。眼瞅着家里家外给鲜花、灯彩、寿幛装点得花花绿绿、渐渐热闹起来，老奶奶坐在那里，却忽然掉下泪来。大家不知为嘛，大老爷过来一问，老奶奶才说：

"我这辈子嘛都见过，可就没看过火场，连救火的水机子嘛样也从来没瞧见过。二十年前小仪门口那场大火烧得天都红了，在咱家屋里也照出了人影儿，城里人全跑去看。你爹——他过世了，我不该说他——就是不叫我去看。我这辈子不是白来了？"

一七

说完脸蛋子耷拉得挺长。

大老爷心想，老人的事只能顺不能戗，若要不叫老奶奶看一次火场，眼前这生日无论怎么筹划，也难叫她高兴起来。可是着火的事哪能说来就来。侯家中的二管家鲍兴机灵能干主意多，他对大老爷说："这事您就交给我办吧。我保管叫老太太乐起来。"

大老爷问他有嘛好主意，他说出来，大老爷笑了，叫他快去办，一定要在老太太生日之前闹出这一出，否则要想把八十寿诞弄好了，别的嘛法子也不灵。

鲍兴拍马就去办。他先到西门外小杨庄买了二十多间房，有砖瓦房也有茅草屋，有的房子连里边的家具物品也出高价买下。跟着跑到北城朝阳观那边的清远水会，拜会了会头韩老七。天津卫人多，房子挤，着起火来就烧一大片。救火就得靠水会，城里边最大的水会是清远水会。鲍兴把上门来请韩老七帮忙的事一说，韩老七满脸的褶子全垂下来，对鲍兴说："你这不是叫我去演救火？我是救火的，又不是戏班子。"

鲍兴笑道:"这事您要不干,叫别人干了,您可就亏了。"说着把一沓银票撂在桌上。看着这些银票,韩老七不吭声了。

事情说好之后,鲍兴便找人在小杨庄外一块空地上用苇席杉篙搭了一个棚子,摆好座椅和八仙桌,像每年天后诞辰富人家看皇会用的那种大棚,又宽敞又舒服。这一切鲍兴安排得很快,前后只用了四五天时间全摆平了。大老爷夸他,鲍兴说:"哪是我能干,是因为您有钱,有钱能叫鬼推磨。"

这天黄昏,老奶奶正在房里喝茉莉花茶、嗑酱油瓜子、嚼京糕条。忽然鲍兴跑进来,一边叫道:"老奶奶,西城着大火了,我接您去看。大老爷在门口等着您呢!"这兴奋劲儿像是去看大戏。

老奶奶说:"可看着火了!"一高兴,差点栽一跤。

到了门口,大老爷站在那儿迎候。门前停了一排六辆枣木包铜的轿车。老奶奶给人扶着上了车,一路威风十足出了小西门，很快就看到前边火光闪闪。老奶奶下车，上了高大的席棚，棚子正面对着火场。她也没问这棚子是干嘛用的。

老奶奶一落座，火势即起，火苗蹿起三丈。火场大得出奇，浓烟滚滚，火光夺目，不仅照亮了天，把老奶奶这边也照得雪亮。老奶奶扭脸左右一看，不仅全家老小都来齐了，后边还坐着一些平时家中的常客，好像陪她看戏。

随即大锣响起，一队人马由远而近，都穿着黄衣衫，紫坎肩，用墨笔在前胸后背写着两个大字"清远"。为首一老者，辫子缠头，银髯飘拂，身形矫健，步履如飞，带着十万火急的架势，一手提着一面井盖大的大铜锣，一手执槌不停地敲，声音连成串儿。他围着火场，转一大圈。

鲍兴跑到老奶奶跟前俯下身说："这是咱天津最大的清远水会。敲锣的是会头韩老七。现在他敲的这锣是'传锣告警'。天津城内外各水会听到，全都会赶来救火。他跑这一大圈是'下场子'。他圈定的火场，只能水会进，其他任何人都不能进。"

老奶奶说："干嘛不叫人进？"

鲍兴笑道："怕有人趁乱拿东西——趁火打劫呀！"接着说，"救火这就开始，各大水会的人已经全赶来了。"

不一会儿，耳听着一串串锣声由远而近，跟着就看到各水会挥旗而至。他们服装不一，颜色分明，各列长队，手执勾叉，纵入火场，齐刷刷勇不可当。老奶奶终于瞧见了水机子。一个重重的大木箱子，四个壮汉抬着，箱子上边的木架子横着一根压杆，两个身穿号服的人一头一个，像小孩打压板那样你上我下，你下我上，一条银白色的水龙便喷射出来。很快就有十几条长长的水龙飞入火海。熊熊烈焰加倍升腾。

在火场前，各会的会头与韩老七好像合唱一台戏，手中锣声相答互应，居然就把各水会调度得你东我西，你出我入，你前我后，你退我进，配合得天衣无缝。好比打仗布阵，井然有序。一时火光照天，浓烟翻腾，火星飞溅，人影腾跃。这种凶猛又骁勇的场面，戏台上是绝看不到的。火势最猛时，都感到热浪扑面，好像大火要烧到身上。老奶奶忽指着大儿媳妇叫道："火在你的脸上呢！"她像一个小孙女看戏那样大喜大呼傻了眼。她周围的人一边连喊带叫，起哄造势，一边夸老奶奶有眼福，都说跟着老奶奶就是有福！

渐渐眼瞅着火势渐渐被压了下来，火苗小了，火光退了，一些水会开始"倒锣"撤人。南风起时，有些火星子刮过来。鲍兴上来问："老奶奶尽兴吗？"这话是请老奶奶起驾回府。

老奶奶起身时说："我这辈子值了！"

大老爷在旁边听了，心里的石头落了地，这么一来，下边寿诞的事全好办了。转天叫鲍兴给清远水会送去满满两大车桂顺斋的点心，其余各会也分别以点心酬谢。给各会犒劳点心，是天津卫的规矩。

到了六月二十三火神祝融的生日，水会设摆祭神，侯家又送去厚厚一份"份子"，而且从此年年如此。这一来，侯家老奶奶花钱看着火这事也就给人传了下来。

查理父子

查理父子

自打洋人进了天津,长相像洋人的人也成人物了。

查家老二又胖又壮,鼓脑门儿赛球,肚大赛猪,臀肥赛熊,勾鼻子赛鹰,深眼窝赛猩猩。胳膊腿儿还有毛儿,更赛洋人。要在平常,这长相还不叫人嘲弄取乐?现在洋人有钱有势,他这长相也变得金贵、吃香了。有人说他是水西庄查家的后人,查家都是地道的文人墨客,哪来这种神头鬼脸?查家哥仨,唯独他这个长相,难道他是个野种?

可是人家查家老二不觉得自己这副长相别扭,相反看准自己这长相有用,反其道行之,索性装起洋人——留起鬓角,蓄足胡须,学说洋话,举手投足各种做派全学洋人；而且还穿上洋装，穿得分外讲究，比方裤裆要短，才好叫前边滚圆的肚子凸出来，后边的屁股翘上去。他说，国人的屁股垂着，洋人的屁股翘着。所以洋人看起来精神。

他在洋行管海运，外出办事时常常叫人误当作洋人。这种误会给他的感觉极好。洋行里的同事便打趣给他取一个洋名，叫查理。查字与他的姓氏同字。他喜欢这名字胜过本名。以后熟人就叫他查理，真名便没人知道了。

查理刚五十，腿脚爽利，却喜欢执一根洋手杖。多半时间，不是挂着，而是拿着。他在外爱喝咖啡，但据他儿子说在家里从不喝，只喝大碗的花茶，因为喝咖啡他睡不着觉。那时洋人出远门多坐飞机，于是他出门也不爱坐火车，爱坐飞机，常把"我明天飞上海""我刚飞回来"挂在嘴边。他给儿子取的名字叫查高飞，小名飞飞。

查理坐飞机遇过一险，听了叫人头发倒立。

一二七

那次他在上海出差办事,办完事后便买张机票,想快快回家和儿子亲热亲热。到了机场后觉得事情还留着个尾巴,应该办圆满了再回去。他掏出票来想退,又有点犹豫。这时跑过来一个中年男人,脸消瘦、气色暗、谢了顶,急吼吼对他说:

"您要退票吧? 给我吧。这班机没票了,我急着回去!"

当时查理心里还有点犹豫不决。这男子拉着他的胳膊说:"我娘病了,快不行了,一连三个电报催我马上回去,怕晚了就见不到了。您得帮我! 求您了!"

他说的是天津话,乡音近人,叫查理动了心,便把票让给了他。这人千恩万谢,掏出一把钱塞给查理,也不算机票价,就急匆匆走了,中间还停下来回头对他喊道:"我住东门里大街三十七号,姓华,您在中国有事找我!"

帮了人家,人家还把自己当成洋人,查理的自我感觉挺好。随后他又想,这人真是急糊涂了,自己若是洋人，怎么会听懂他的中国话？

他回到旅店重新住下，转天就听说他昨天要坐回天津的那架飞机出了事，满满一飞机的人全丧了性命！

他的命实实在在是捡来的。

等到他人回天津，全家人还有整个洋行上上下下的人都为他庆幸，夸他命大，大难不死，才是大福。那天若不是那个谢顶的男人买走他的机票，说不定他就上了飞机，一命黄泉。

为什么就在他上机前的最后一刻——心里还在为是否退票而犹豫不决时，这个人突然出现了？这不是替他一死吗？洋行里的同事们围着他对这事议论纷纷时，他忽然说："这人姓华，他告诉我他家的地址，我记得！我得到他家去看看。"

同事们说："你可不能去，人家不知道原先是你的票。要知道，还不吃了你。"

查理说："这可不怪我，是他死活非买我的票。是他该死，我该活！"说到这儿他有点得意。

事后，行里一位年纪大些的同事对他说：

"这该死该活的话你以后就别说了。你和这人的命里有结。你不能咒他，小心父债子还，一命偿一命。"

这话叫他听了后背发凉，心里发瘆。

另一位同事在旁边看他的神气不对，说："别信什么冤结报应，这都是中国人自己吓唬自己，洋人从来就没这套，你不是查理吗？"这话引得大家笑了，他也笑了。

一件事不管多强烈，日子久了，便被重重叠叠的生活埋起来，渐渐也就忘了。十多年后，飞飞都已成人。但飞飞一直还没结婚成家，他迷上一位影星。这位影星分外妖娆，连娇里娇气说话的声音都挠他心。可是这影星大他七岁，也从来不认识他。他对她是单相思，完全不沾边，他却非她不娶。一天飞飞听说她在杭州举行新片的开拍仪式，执意去见她一面，谁也拦不住他。他瞒着查理跑到老龙头车站，当天没有去杭州的车次，掉头又到机场。去上海的飞机两班，上一班飞机票卖完，只有下一班的飞机，可是下一班飞机到上海已是半夜，从上海到杭州还有一段路程，时间不赶趟。他费了老大劲，找到一位上一班飞机的乘客，死磨硬泡要跟这人换票。他心里好像有一股劲儿，好像中了魔，非要上这架飞机不可。最后又加上两倍的钱，才把这班飞机的机票弄到手，上了飞机。

谁会知道飞机会出事？谁会知道他居然会和当年那个谢了顶、替爹去死的男人一样？可他是替谁去死？事情过去许久，家里人也没把这件事的实情告诉查理，只说飞飞为了追求一个女人出了国。他们以为成功地瞒住了查理，但哪里知道查理早就知道这件事并查明了真相。

查理不捅破这事，是因为他领略到命运里因果这东西的神秘和厉害。

绿袍神仙

绿袍神仙

车夫吴老七的命该绝了。屋里没火，肚子没东西，愈饿就愈冷，愈冷就愈饿。难道就在比冰窖还冷的屋里等死？虽说三更半夜大雪天，没人用车，可是在外边总比在家等着冻成冰棍强，走着总比坐着身上有热气儿。他拉着那辆东洋车走出来。

他一直走到鼓楼十字街口，黑咕隆咚没个人影，谁半夜坐车出门？连野狗野猫都冻得躲起来了。他没劲儿再走了，站在那儿渐渐觉得两只脚不是自己的了。

这当儿，打鼓楼下边黑乎乎的门洞里走出一个身影，慢吞吞走过来。这人拄着拐，也是个老人，也是个饥寒交迫的穷老汉向自己来寻吃的吗？

待这人渐渐走近一看，竟不是穷人，怕还是一位富家的老翁呢。身穿一件长长的绿色棉袍，头戴带护耳的皮帽，慈眉善目，胡须很长。这老翁相貌有点奇异不凡。虽然不曾见过，却又像在哪儿见过。

　不等吴老七开口，老翁说："去东门里文庙牌坊前。"说着就上了车。吴老七心想这是老天爷开恩，大半夜居然还有活干，顿觉身子有点劲儿了，拉起车往东门一路小跑。路上他不敢说话，怕费力气。车上的老翁也一声不吭。

　东门内大街空荡荡只走着他这一辆车。走着走着，吴老七忽然觉得车子有点重。人还能变重？是不是自己没劲儿了？正寻思时，车子更重了，像是拉了半车石头。他觉得不对劲，停下车来，回身一看，天大的怪事出现在眼前，车上的绿袍老翁不见了，空无一人！定睛再瞧，车座上放着一大一小鼓鼓囊囊两个袋子。他扒开一瞧，小袋子里竟然全是糕食，大袋子居然满满的银钱。他再往四下看，冰天雪地里还只是他一个人——还有一车银钱！更叫他吃惊的是，车子就停在离他家不远的地方。

吴老七有钱了，而且有了太多太多的钱，又是铜钱，又是银子，还有小金元宝。吴老七天性稳重，在码头上活了几十年，看的事多，他明白钱多了是福也是祸。他没有乍富炫富显富露富，而是不声不响，先在小窝棚把自己将来的活法盘算好，把钱藏好，再走出窝棚，一步步照计划来。

最先开个早点铺，再干个小食摊，跟着开菜馆、饭铺、酒楼，吴老七做得稳健。在旁人眼里，他是一步一个脚印干起来的，绝看不出一夜暴富。继而他在鼓楼、北大关、粮店街最火爆的地界，开了一个像模像样的九河饭庄。吴老七干吃的，缘于他多半辈子都是饿过来的。干饭铺不会再饿肚子，而且干饭铺天天能见到钱，还都是现钱。人有了钱，法子就多了。吴老七用尽脑筋，加上拼命玩命，把买卖干得有声有色，家业也一路兴旺起来。然而，当年那位绿袍翁送他那个钱袋子却一直存着，袋子里的几个小金元宝也原封没动，这是因为他心里边始终揣着那位在寒天冻地里忽然出现的救命恩人。

可是那位绿袍老翁到哪儿去找呢。吴老七没少使力气。从街头寻觅，到串门察访，中间还闹出认错了人的尴尬和笑话，却始终寻不到一点点踪影。他细细琢磨，这事还有点蹊跷。比方那绿袍翁的长相就非同常人，他找遍城里城外，还真没有如此慈眉善目的长相。再比方这绿袍，谁会穿绿色的袍子？天津人的袍子，黑、蓝、灰、褐全有，唯独没人穿绿。有人和吴老七打趣说，戴绿帽子的有，天津有过一位总绷着脸儿的县老爷就叫人戴过绿帽子。

最蹊跷就是这一袋子钱了。天津卫有钱的人多，有钱的善人也不少。但天津的善人开粥厂、施财、济贫、捐款，都做在大庭广众眼皮子底下，好叫别人看到、知道，谁会把这一大袋子钱黑灯瞎火悄悄塞给一个快冻死饿死的人？把胳膊折在袖子里的事，从来没人干。

看来这绿袍翁是一位神仙，可这是哪位神仙？天津城里大大小小的寺观就有一百多座，天天香火不断，老百姓天天磕头，谁又见过神仙显灵？

这年秋天，吴老七在城南自家的九河饭庄的分号宴请几位商界的合伙人。他近来事事顺当，心里没别扭，大家满口说的都是吉祥话。人一高兴，酒就喝高。他从饭庄出来，转转悠悠走到鼓楼，乘兴爬了上去。鼓楼高，又居老城中央，从这里凭栏远望，可以一览全城风景，十万人家。吴老七看得尽兴，看得痛快，再给风一吹，更是舒服。他要回家好好睡个午觉，待要下楼，一转身的时候，忽见楼梯那边有个人正在看他。这人模样慈祥和善，长须飘拂，有点面熟。他停住身子认真一瞧，这人竟然身穿绿袍，哎呀！不就是救过他命、有恩于他、找了十多年的那个绿袍翁吗？长相也完全一样呀！他慌忙跑过去，再看——哪里是人，竟是一尊神像。怎么是一尊泥塑的神像，分明是绿袍翁啊。

鼓楼不是庙，里边的神佛都是有钱的人家使钱请来的，信谁请谁，这位是谁？他问身边一位不相干的人。人说：

"你连他是谁也不知道。保家仙，胡三太爷呀！"

他当然听说过保家仙，胡黄白柳灰几位神仙，护佑全家平安有福。可是他当年没钱娶老婆，孤身一人没家可言，自然也没给保家仙烧过香。哪知道这位穿绿袍的胡三太爷慈悲天下，看到了他这个要死的人，显灵于世救了他，还让他一步登天地富了。原来绿袍翁是他！对呀，那天他不就是从这鼓楼下边的门洞里走出来的吗？他咕咚一声趴在地，连连磕头，脑袋撞着楼板直冒烟，而且一直磕个不停，等到给旁人拉起来，脑门撞出血来了。

旁人不知他为什么这么磕头,以为他遇到横祸,或是想钱想疯了。这事却只有他自己明白,不能说。自此,每年逢三九天最冷的日子,深更半夜,他都会爬到鼓楼上给这绿袍神仙烧香磕头。他心里盼着神仙再次显灵,他要面谢他,可是每次见到的都是纹丝不动的泥塑木雕了。

胡天

胡　天

胡天，一个大白唬，嘛事也不干，到处乱串。这人听风就是雨，满嘴跑火车，再添油加醋，添点歪的，加点邪的，扯些不着边际的。也别说，这种胡说人们还好喜听，好喜知道，好喜传。正经八百的事有嘛说道呢。

这两天胡天到处说一件事——劝业场大楼剪彩那天，有个干买卖破产的人从这楼顶跳下来，正好马路中央下水井没盖盖儿，大口敞着，这人恰恰好好不偏不斜一头栽进去。人们捞了半天没见人影，这人竟给井里边的水冲进了海河，捞上来居然还活着。这个荒唐透顶的胡诌，一时传遍了天津，而且传来传去，这个人居然还有名有姓了。

再一件事,更瞎掰,传得更厉害。据说也是打胡天的破嘴里冒出来的——

说的是大盐商罗仕昆家的大奶奶吃橄榄,叫核儿卡在食管里了。橄榄核儿不是咽一块馒头就能顶下去的,核儿两头尖,扎在食管两边,愈咽东西扎得愈牢,愈疼,喝水更疼。大奶奶疼得直蹦,叫老爷急得在屋里背着手转来转去,有钱也没辙。这时忽然有个老道从门口路过,说能治百病,罗家的用人上去一问,老道说能治,便赶忙把老道请到家中。

这老道青衣黑裤,长须长发,斜背布囊,手拄一根古藤枝。这种人总像是跟深山老庙连着,气相异常不凡。老道问明白大奶奶病由,便解开背囊,拿出个竹筒,拔下塞子,往外一倒,竟是一条七寸青蛇,光溜溜,筷子一般细,弯起小脑袋口中不停地吐着信子,不知有没有毒。老道把青蛇放在小碗里洗了洗,对大奶奶说了一句:"它不伤人。"然后叫大奶奶把嘴张大,只见老道手一甩，袖子上下一翻，那小青蛇已经进了大奶奶口中。大奶奶先惊，后呆，两眼朝天，身边的丫鬟以为大奶奶咽气了，未及呼喊，却听大奶奶说："凉森森到肚子里了。"

道士俯下身子问："那核儿呢？"

大奶奶竟说："没了。怎么没了？"她瞪大眼睛，感到惊讶。

道士说："叫我那青儿顶下去了。"随即给了大奶奶一包朱砂色的药末子，叫大奶奶冲了喝下。道士说，这药末子下去一个时辰后便会出恭，那小蛇自己会跟着一块儿出来。道士嘱咐道，这小蛇万万不可倒入粪池，一定要用井水洗干净后送到河里或水塘中放生。道士说罢起身告辞而去。老爷再三道谢并送一大包银子给他。

大奶奶喝掉药末子后，肚子开始发胀，有股气咕噜咕噜，跟着放两个响屁，出恭时屁眼奇痒，原来是道士的"青儿"爬出来了，同时那橄榄核儿也"咔嗒"

一声掉在恭桶里。

老爷忙叫人把小青蛇洗净，拿到海河放生。老爷是念书的人，知道的事多，心想这老道为什么用"青儿"解救大奶奶？而且如此灵验！蛇是保家五大仙中的柳仙啊。这老道必是柳仙化身来救他家的。想到这儿，当即叫人去纸画铺请来一幅五大仙像，挂起来，烧香磕头，磕头烧香。

这事一传开，天津卫就洛阳纸贵，买不到五大仙像了。天津的神像都是从出名的画乡杨柳青张家窝那边趸来的。据说很快连杨柳青那边也买不到五大仙像了。

今年以来，天津卫传得最厉害的事，全是打胡天的嘴说出来的。其中一事有鼻子有眼儿，而且有年有月有日——就是今年七月二十八日天津卫要闹大地震。翻天覆地，房倒屋塌，鼓楼成平地，租界变开洼。最厉害的是娘娘宫要被夷为平地，娘娘塑像顷刻间化作一堆黄土。这就麻烦了！天津人都知道当年建娘娘宫时，老娘娘像的下边是海眼，直通渤海。老娘娘屁股坐在这儿，就是为了镇住大海。老娘娘的像决不能动，一动海水就从这海眼里冒出来，立马万里汪洋，淹掉天津。这传闻吓坏了天津人。这些天去娘娘宫烧香的人眼瞧着多起来。老城里地势低，平日下雨时雨水都从街上往屋里倒灌。海水一上来怎么办？于是家家户户都在门前筑拦水坝，杂货店里掏水用的木桶铁桶连同水舀子也被抢购一空。

还有个传闻更好玩。刚刚到任的天津警察局长细皮嫩肉，弯眉俊眼，女里女气，纯粹一个娘们儿局长。胡天说，他听人说这局长是个"二尾子"，单身一人，结过两次婚都没孩子，最后全离了。至于为嘛没孩子，就任凭人们瞎掰去了。

这话如果叫新局长听见可就要麻烦，人家可是能够拿枪抓人的警察局长。

人人都说这事是胡天说的，可胡天说打死他也不敢去惹新到任的警察局长。一连好几天，胡天没有公开露头，有人说他吓得躲在家，有人说他给这新局长弄进去了。

其实，胡天嘛事也没有。

这天下晌他在四面钟附近，给两个穿袍子戴礼帽的男人拦住，人家说话挺客气，说要请他吃饭，把他拉进一个馆子。这两个人一个面黑，长得威武，一个脸白，模样英俊。不等他问，其中面黑的人说："我们是警察局的。"然后直截了当问他，"是你说我们局长是二尾子？"

他慌忙摇手否定。面黑的便衣警察接着问他："你认不认都一样，反正现在全天津没人不知道警察局长是二尾子。你说该怎么办？"

胡天干瞪眼，不知怎么回答。

旁边那个白脸的警察笑嘻嘻地说："你能不能再加上几句，叫这位老娘们儿在天津待不住，滚蛋算了！"

胡天一听，蒙了。他没马上听明白。可是他四十多岁了,脑子够用,又在市面上混了二十年,嘛不懂?嘛能不懂?

警察找他,原来不是因为他满口胡说辱骂局长,恰恰相反,人家是想借他的巧舌和烂嘴,再给这局长泼几盆脏水,把他赶走。

这事对他来说不难,但他有他的打算。他笑嘻嘻对这两个便衣警察说:"你俩听说过盐商家罗大奶奶吞橄榄核那个段子吧,那可是我特意为天祥画铺编的,这段子立竿见影,直至今天五大仙像还是供不应求!"他停了一下,接着说,"再有,今年闹大地震的传闻也是我帮振兴木桶厂造的,木桶也一直脱销。你们俩可听明白,我可不是白编——白说的。"

白脸警察露出会意的笑,从衣兜掏出十个银元"哗"地撂在桌上。

黑面的警察说:"真是做嘛买卖的都有,敢情你胡说八道也能赚钱。"可是他忽然板起脸说,"这娘们儿要是走不了,我们可还来找你。"

胡天笑道："不是谁胡说八道都能赚钱。"然后眼睛看着这黑脸白脸两个警察，把银元揣在兜里走了。

十天后，上上下下到处都说新任警察局长正托人找一个太太。他这太太要得特别，要身上有孕的，当然这事不能叫人知道。

两个月后，这位新局长便给上边调走了。

泡泡糖

泡 泡 糖

上个世纪二三十年代,大上海和大天津,一南一北,一金一银,但说不好谁金谁银。反正两大城市的金店,大大小小全都数不过来。

天津卫最大的金店在法租界,店名黄金屋。东西要多好有多好,价钱要多贵有多贵。天天早晌,门板一卸,店里边的金子比店外边的太阳亮。故而,铺子门口有人站岗,还花钱请来警察在这边的街上来回溜达。黄金屋老板治店有方,开张十五年,蚂蚁大小的事也没出过。一天,老板在登瀛楼饭庄请客吃饭,酒喝太多上了头,乘兴说道:"我的店要出了事,除非太阳打西边出来,不——"跟着他又改了这一句,"打北边出来！"大家哄堂大笑，对他的话却深信不疑。可没想事过三天，事就来了。夸口的话真不能乱说。

那天下晌时候，来了一对老爷太太，阔气十足，全穿皮大衣。老爷的皮大衣是又黑又亮的光板，太太的皮大衣是翻毛的，而且全是雪白柔软的大长毛，远看像只站着的大绵羊。天气凉，她两只手插在一个兔毛的手笼里。两人进门就挑镶钻的戒指，东西愈挑愈好。柜上的东西看不上眼，老板就到里屋开保险柜去取，这就把两三个伙计折腾得脑袋直冒汗，可她还总不如意。她嘴里嚼着泡泡糖，一不如意就从红红的嘴唇中间吹出一个大泡泡。

黄金屋向例不怕客人富。金煌煌钻戒放在铺着黑丝绒托盘里，一盘不行再换一盘，就在小伙计正要端走一盘看不中的钻戒时，老板眼尖，发现这一盘八个钻戒中，少了一枚。这可了不得，这一枚镶猫眼的钻戒至少值一辆老美的福特车！

老板是位练达老到的人，遇事不惊，沉得住气。

他突然说声："停！"然后招呼门卫把大门关上，人守在外边，不准人再进来。这时店里刚好没别的客人，只有老板、伙计和这一男一女。

太太一听说钻戒丢了，破口大叫起来："浑蛋，你们以为我会偷戒指？我身上哪件首饰不比你们这破戒指值钱！到现在我还没瞧上一样儿哪！"

老板不动声色，心里有数，屋里没别人，钻戒一准在这女人身上。劝她逼她都没用，只能搜她身。他叫伙计去把街上的警察叫来。警察也是明白人，又去找来一位女警察，女人才好搜女人。这太太可是厉害得很，她叫上板："你们是不是非搜不可？好，搜就搜，我不怕搜，可咱得把话先说清楚，要是搜完了没有怎么办？"她这话是说给老板的。

老板心一横，拿出两个沉甸甸的金元宝放在柜台上，说："搜不着东西，我们认赔——您把这两个元宝拿走！"黄金屋的东西没假，元宝更没假，每个元宝至少五两，两个十两。

于是，二位警察一男一女上来，男的搜男的，女的搜女的，分在里外屋，搜得十分仔细。大衣、帽子、手笼、鞋子全都搜个底儿掉，全身里里外外上上下下，连舌头下边、胳肢窝、耳朵眼全都查过。说白了，连屁眼儿都翻过来瞧一遍，任嘛没有。老板伙计全傻了，难道那钻戒长翅膀飞了？但东西没搜到，无话可讲，只能任由人家撒火泄愤，连损带骂，自己还得客客气气，端茶斟水，赔礼赔笑。

那太太临走时，冷笑两声，对老板说道："好好找找吧，东西说不定还在你店里。真要拿走还不知谁拿走的呢！"说完把柜上俩金元宝顺手一抄，挎着那男人出门便走。黄金屋老板还在后边一个劲儿地鞠躬致歉。

可是老板不信一个大钻戒在光天化日之下说没就没，他把店里前前后后翻个底儿朝天，依然不见钻戒的影儿。老板的目光渐渐移到那几个伙计身上，可这一来就像把石子扔进大海，更是渺茫，只能去胡猜瞎想了。

　　两个月后一天早上，按黄金屋的规矩，没开门之前，店内先要打扫一遍。一个伙计扫地时，发现挨着柜台的地面上有个灰不溜秋的东西，赛个大衣扣子。拾起来一看，这块东西又干又硬，一面是平的，一面凹进去一个圆形的痕迹，看上去似乎像个什么，便拿给老板看。老板来回一摆弄，忽用鼻子闻了闻，有点泡泡糖的气味，他眼珠子顿时冒出光来，忙问伙计在哪儿拾的，小伙计指指柜台前的地面。老板先猫下腰看，再把眼睛往上略略一抬，发现这两截柜子上宽下窄，上截柜子向外探出了两寸。他用手一摸这探出来的柜子的下沿，立刻恍然大悟——

　　原来那天，钻戒就是那女人偷的，但她绝就绝在没把钻戒放在身上，而是用嘴里嚼过的泡泡糖粘在了柜台下边，搜身当然搜不到。过后不定哪天，来个同伙，伏在柜台上假装看首饰，伸手从柜台下把钻戒神不知鬼不觉地取走。再过去一些日子，泡泡糖干了，脱落在地。事就这么简单！现在明白过来，早已晚了三春。可谁会想到那钻戒会给一块破糖变戏法赛的"变"走，打古到今也没听说有这么一个偷法！

这时，他又想到那天那女人临走时说的话："好好找找吧，说不定东西还在你店里。"

人家明明已经告诉自己了，当时钻戒确实就在店里，找不到只能怪自己。

记得那女人还说了一句："要拿走还不知谁拿走的呢！"

这话也不错。拿走钻戒的肯定是另外一个人。但那人是谁，店里一天到晚进进出出那么多人，更无从去找。这事要怪，只能怪自己没想到。

再想想——那一男一女不单偷走了钻戒，还拿去两个大金元宝，这不是自己另外搭给人家的吗，多冤！他抬起手"啪啪"给自己两个耳光。这一来，天津卫的太阳真的打西边——不，打北边出来了呢。

歪脖李

歪 脖 李

独眼龙本来就姓龙,兄弟里排行老二,人称龙二爷。他坏了一只眼,人们背地叫他独眼龙。

龙二爷原先是画画的,画得相当好,后来左眼闹红眼病,听人说用娘娘宫的香灰冲水洗眼能治眼疾,谁想愈洗愈坏,最终瞎了。挤着一只眼还能画好画?他一火,把砚台和墨全砸了,笔和纸全烧了。从此弃文从武,在家练气功,一直练到走火入魔。据说发起功来,院里那株比缸还粗的老洋槐来回摇,吓得一直住在上边的乌鸦全跑了,只留两个黑乎乎的乌鸦巢。

光练武靠嘛活呢。人家龙二爷过得可不比城里的富人差。尤其近几年,过得叫人羡慕。一家老小老婆孩子吃得个个脸蛋赛苹果，从头到脚穿戴光鲜，身上垂下来的坠儿链儿全都金灿灿，出门叫洋胶皮，串门坐玻璃轿车。龙二爷家住东城，靠近鼓楼，最喜欢去到南门里广东会馆的戏园子看戏。那里嘛戏都演，他嘛戏都看。他自打左眼坏了，总戴一副圆圆的小茶镜。戴镜子怎么看戏？这你就不懂了，懂行的听戏，不懂行的才看戏，人家龙二爷听戏。再说，广东会馆里听戏最舒服——桌子椅子油着大漆，又黑又亮，亮得照人；桌上有茶水喝，有点心吃，有瓜子嗑。

这一来，渐渐就有人琢磨：他整天花不完的钱是哪来的？

人穷没人琢磨，人富必被琢磨。

城里边有个文混混歪脖李就琢磨上他了。文混混与武混混不同。文混混决不弄枪弄棍，比凶斗狠。文混混认得字，心计多，用脑子杀人。这个歪脖李姓李，自小睡觉落枕，脖子歪了之后没再正过来，站在那儿，脑袋往一边撇着,所以人称歪脖李。

歪脖李的长相天生不讨人喜欢,青巴脸总绷着,光下巴没胡子,好穿一条紫色的长袍,远看像个长茄子。他人也住在东城,离龙二爷家不算远,知道龙家祖上两代有钱,而后家道中衰,到他这一代老宅子只剩下一大一小两道院。前几年女儿墙上的花砖掉了都没钱修补。他要是这么一直穷下去就对了,可是近几年龙二爷忽然咸鱼翻身,活得有劲儿了。大墙有钱修了,大门也换了。歪脖李还发现龙二爷的一大怪事——他家大门紧闭,从不待客,亲戚也不来串门。更怪的是他家里不雇用人,有钱为嘛还不用人?家里有见不得人的事吗?歪脖李叫小混混去把龙家门口的土箱子都翻了,也找不出半点端倪。

表面愈是看不出来,里边就愈有东西。歪脖李派一个小混混装成收破烂的,坐在离龙家不远的墙根,几条麻袋一杆秤扔在地上,脑袋扣一顶破草帽挡着半脸,从早到晚盯着龙家。还有两个小混混专事跟梢,只要龙家出来一个，一个小混混就跟上去，盯着这家每个人的一举一动。一张网就把龙家罩起来了。可是一连死盯三个月，还是嘛也没看出来。瞧上去，龙二爷就是一个只花钱不赚钱的大闲人，要不在家吃了睡、睡了吃，要不四处闲逛。他喜欢独来独往，不好交际，没朋友，听戏、听时调、听相声，全一个人，自己陪着自己。龙二爷倒是不嫖，从来不去侯家后那边寻花问柳。龙二奶奶几天出一趟门，有时带着孩子，有时独自一人，逛铺子买东西，每次买回来的东西都是大包小包，叫人看了眼馋。可他的钱是怎么来的，没人能知。

歪脖李忽想，这小子白天闲着没事，夜里呢？夜里干嘛，干嘛赚钱？歪脖李想不出来，想不出来就憋火。他真想派两个混混夜里翻墙到龙家看个究竟，可是传说独眼龙气功相当厉害，别叫他逮着。

终于一天，事情裂开一条缝，可以往里看了。

这天，龙二奶奶出门，手里拿个包儿，坐东洋车，一路向西，到鼓楼拐向北。歪脖李手下的小混混一直紧跟在后。车夫在前边小跑，小混混在后边紧追不舍，没走多远，车子停在城北路东的宜雅堂画店前，龙二奶奶下车进店。

二奶奶刚登台阶，一个穿长袍留长胡子的男人就迎出来，把二奶奶请进去，并神乎乎一起绕过屏风去到后边。沉了好一会儿，那长胡子的男人才把二奶奶送出来。二奶奶一脸春风得意，手里的包儿没了，空手坐车子回家。

小混混把亲眼所见全告诉给歪脖李，还说，画店那个长胡子的男子打听清楚了，是老板蔡子舟。

歪脖李有心计，想了一天，明白了大概，也有了办法。这天他用蛤蜊油把头发梳得亮光光，换一件干净的长袍，黑缎靸鞋，像去做客。随身带着一个小文混混，这小混混看上去弱不禁风，穿一身皂，手持一根亮亮闪的藤杆。藤杆打人比棍子疼。他俩一高一矮来到宜雅堂。

宜雅堂是老城里最大的画店,店面一连五间,满墙挂着名人字画,多宝格上都是上好的瓷器玉器。几把老紫檀椅子中间放一口画了一圈暗八仙的青花画缸,里面长长短短插满画轴。歪脖李是出名厉害的混混,一进门就把店里人吓坏了,好像吊死鬼耷拉着舌头进来了。

歪脖李谁也不理,拉把椅子坐下,那个留长胡子的店主蔡子舟已经赶到。歪脖李歪脸扭脖不说话,不说话比说话更吓人。蔡店主一个劲儿说客气话,他像全没听见。蔡店主心里打起鼓来,不知嘛事惹上了他。忽然,他扬起一张青白的脸冷不丁问道:"你小子和独眼龙商量好诚心瞒我是不是?"

蔡店主一下蒙了。这句话好像一脚把自己一直关得好好的门踹开。他怎么开口就问到自己和独眼龙?独眼龙因为嘛事惹上他了? 自己和独眼龙的事一直裹得严严的,谁会知道?独眼龙全供给他了?为嘛?难道现在独眼龙在他手里?谁都知道歪脖李很少出头露面,他亲自找上门来肯定不是小事。

蔡店主虽是老江湖,机灵练达,但素来胆小怕事,再一瞧歪脖李那张想杀人的脸,一张嘴就把藏在肚子里的"秘密"全吐露出来——

"假画全是他做的,二奶奶送来的,叫我卖的。他做假做得确实好,我不说是真的,人家也都当真的买——

"他绝不能叫人知道他在做假画。知道了,画就没人买了。所以他不与任何人交往。白天闲着,装着无事,夜里干活——

"'独眼龙'也是假的,他眼睛没事,那是造给人看的——

"气功也是假的,他怕人知道他有钱,偷他,劫他。拿假气功吓唬人……"

歪脖李摆摆手,不叫店主再说了。好像这些事早就在他肚子里，其实他对独眼龙和宜雅堂的事一点也不知道，只是他诡诈多谋，猜出大概，连蒙带吓，硬把事情的真相全诈出来了。

这就说文混混有多厉害了。当然，更厉害的要看歪脖李接下去怎么干。

歪脖李把左腿的二郎腿换成右腿的二郎腿，换一种表情说："我再问你一句，你说独眼龙画得不错，为什么他不画自己的画，不写自己名字，非去做古人的假画？"

蔡店主这才露出一点笑容，说："自己的画卖不出价钱，名人的画才能卖大价钱。"

歪脖李听了"嘿"地一笑，说："原来画画也能坑人。"随后，他又板起脸对店主说："我本想把你们的事折腾出去。那些花大价钱买了你们假画的人保准上门来找你们算账。这等于砸了你的铺子，也砸了独眼龙的饭碗。我今儿对你们开恩了，不给你们折腾出去了。你去找独眼龙，就说是我让你找他的，你们合计一下该怎么孝敬我?"说完抬屁股就走,头也没回。

不打不闹,不费力气,话也不多,句句如刀。歪脖李走后,蔡老板一动不动站在画店大堂,像根柱子。随后,宜雅堂关门休业,哪天开门营业没人知道。龙二爷家也是大门紧闭,没人进出,好赛全家出了门。去哪儿了? 多久回来? 也没人知道。半年后,宜雅堂悄然启门,照常营业;龙家也有动静了,家里的人有出有进,一如既往。可是歪脖李不一样了,他把家旁边一个当铺买下来,和自己的宅子打通,一并翻新,大门改了,大漆描金,虎头铺首,像个突然发起来的小富商。

罐儿

罐　儿

罐儿是码头最穷的人。

他爹是要饭的，死得早，他娘靠缝穷把他拉扯大。打他能走的时候，就去街上要饭了。他娘没吃过一顿饱饭，省下来的吃的全塞进他的嘴里，他却依旧瘦胳膊瘦腿，胸脯赛搓板。

罐儿十五岁那年白河闹大水，水往城里灌。城内外所有寺庙都成了龙王庙，人们拿木盆和门板当船往外逃。他娘带着他跑出了城，一直往南逃难，路上连饿带累，娘死在路上。他孤单一个人只能再往下逃，可是拿嘛撑着，靠嘛活着，往哪儿去，全都不知道。

这天下晌，来到一个村子，身上没多大劲儿了，他想进村找个人家讨口吃的。忽然,他看见村口黑森森大槐树下有个窝棚,棚子上冒着软软的炊烟,一股煮饭的香味扑面而来。这可是救命的气味!他赶紧奔过去,走到窝棚前,看到一个老汉正在煮粥。老汉看他一眼,没吭声,低头接着煮粥。

他站在那儿,半天不敢说话。忽听老汉说:"想喝粥是吗?拿罐儿来。"

他听了一怔。罐儿是他名字。他现在还不明白,爹娘给他起这个名字,是叫他有口饭吃。爹是要饭的,要饭的手里不就是拿个罐儿吗?

可是,他现在两手空空,嘛也没有。

老汉说:"没罐儿?好办。那边地上有一堆和好的泥,你去拿泥捏一个罐儿,放在这边的火上烧烧就有了。"

罐儿看见那边地上果然有一堆泥,他过去抓起泥来捏罐儿。可是他从小没干过细活,拙手拙脚,罐儿捏得歪歪扭扭,鼓鼓瘪瘪,丑怪之极,像一个大号的烂柿子皮。老汉看一眼，没说话，叫他放在这边火中烧，还给他一把蒲扇，扇火加温，不久罐儿就烧了出来。老汉叫他把罐子放在一木案上，给他盛粥。当他把罐儿捧起来往案子上一放，只听"咔嚓"一声，竟散成一堆碎块。他不明白一个烧好的罐儿，没磕没碰，怎么突然散了。

老汉还是不说话，扭身从那边地上捧起一堆泥，放在案上，自己干起来。他先用掌揉，再用拳捶，然后提起来用力往桌上"啪、啪"地一下下摔，不一会儿这堆泥就变得光滑、细腻、柔韧，并随着两只手上下翻卷，渐渐一个光溜溜的泥罐子就美妙地出现在眼前，好赛变戏法。老汉一边干活，一边说了两句：

"不花力气没好泥，不下功夫不成器。"

这两句话像是自言自语，又像是对他说的。他没弄明白老汉这两句话的意思，好像戏词，听起来似唱非唱。

老汉捏好罐儿，便放在火中烧，很快烧成，随即从锅里舀一勺热腾腾香喷喷的粥放在里边,叫他喝。他扑在地上跪谢老汉,边说:"我一个铜子也没给您。"

老汉伸手拦住他,嘴里又似唱非唱说了两句:

"行个方便别提钱,帮帮人家不叫事。"

等他把热粥喝进肚里后,老汉对他说:"这一带的胶泥好烧陶。反正你也没事,就帮我把地上那些泥都捏成罐儿吧。你照我刚才的做法慢慢做,一时半时做不好没关系。"

罐儿应声,开始捏罐。按照老汉的做法,一边琢磨一边做,做过百个之后,一个个开始像模像样起来。他回过头想对老汉说话,老汉却不见了。窝棚内外找遍了,影儿也没找着,怎么找也找不着。

窝棚里还有半锅粥,够他喝上三天。原打算喝完粥接着往前走。可是他待在窝棚里这三天,慢慢把老汉那几句似唱非唱的话琢磨明白了——

老汉不仅给他粥喝,救他一命,原来还教他做罐。

前边的两句话"不花力气没好泥,不下功夫不成器"，是教他活下去的要领；后边两句话"行个方便别提钱，帮帮人家不叫事"，是告诉他做人做事的道理。

这个烧陶的棚子不是老天爷给他安排的一个活路吗？那么老汉是谁呢？没人告诉他。

多少年后，津南有个小村子，原本默默无闻，由于有人陶器做得好而渐渐闻名。这地方的胶泥很特别，烧过之后，赤红如霞，十分好看；外边再刷一道黑釉，结实耐用。这人做成的陶盆陶缸陶碗陶盏，轻敲一下，其声好听，有的如磬，有的如钟，人人喜欢，连百里之外的人也来买他的陶器用。他的大名没人知道，都叫他罐儿。他铺子门口堆了一些罐子，那时逃荒逃难年年都有，逃难路过这里，便可以拿个罐儿去要饭用，他从不要钱。有人也留在这里，向他学艺，挖泥烧陶，像他当年一样。

又过许多年，外边的人不知这村子的村名，只知道这村子出产陶器，住着一些烧陶的人家。家家门口还放着一些小小的要饭用的陶罐,任由人拿。人们就叫这村子"罐儿庄",或"罐子庄"。一个秀才听了,改了一个字,叫贯儿庄。这个字改得好,从此这小村就有了大名。

罗罗锅

仇姓庄严薄拇
舌颈此性小
多这家以做鞋
为生传
之城代
摆作酒
鞋做孔卖糖
到故
民间称
洒鞋忱

罗 罗 锅

人走路不能没鞋，鞋穿久了坏了，就得买双新鞋换上，所以有人说鞋匠不会饿肚子。这话也对也不对，这要看给谁做的鞋。一般人穿鞋当然要买，穷人家却多半自己做。罗罗锅的鞋是卖给一般人的，但不包括富人。

罗罗锅家住城东，在南斜街摆摊，世代做鞋修鞋补鞋，靸鞋尤其做得好，远近有点名气。虽说靸鞋大路货，但他用青色小标布做面，鞋帮结实，白色千层布纳底，浸过桐油再纳，不怕水，还有软硬劲儿，走起路来跟脚。鞋脸上有两条羊皮梁，既防碰撞，又精神好看。不管嘛样的脚——肥脚、瘦脚、鸡爪、鸭掌、猪蹄子，往鞋里头一蹬，那舒服劲儿就别提了。

罗罗锅的爷爷把这门手艺传给他爹，他爹把手艺原原本本传给他。手艺是手艺人的命根子。罗家几代人都是独生子，一路单传下来。千顷地，一根苗。人单传，手艺也单传，用不着再愁什么"传内不传外"了。

罗罗锅天生罗锅，从背影看不见脑袋，站在那儿像个立着的羹匙。可是这身子却正好干鞋匠。他爹年轻时原本腰板挺直，干了一辈子鞋匠，总窝着身子做鞋，老了也变成罗锅。他姓罗，人罗锅，天津卫在市面上混的人多有个"号"，人就给他一个好玩的号，叫罗罗锅。罗罗锅人性好，小孩叫他罗罗锅，他就一笑。不认为人是骂他。

从嘉庆年间，罗家的鞋摊就摆南斜街慈航院的墙根下，经过道光、咸丰、同治几朝，直到现今的光绪，还摆在那儿。一个小架子上，摆着大中小号三种鞋，摆的都是单只，你试好这只，他再拿出那只给你试。

南斜街上人杂，怕叫人拿去。他腰上系一条褐色的围裙，坐在一个小马扎上，卖鞋也修鞋。南斜街东西几个大庙，香客往来；北边隔一条街就是白河，河边全是装船卸货的船，脚夫成群。他不愁没人来修鞋买鞋。可是，他从这些穷人手里能赚到多少钱？穷人一个铜子还要掰成两半花呢。可是富贵的人谁会来买他的鞋？

一天，他想起祖辈曾经有一种靸鞋，专做给富人穿。样子超艳，用料讲究，做工奇绝，是他罗家的独门技艺。这鞋叫作鹰嘴鞋。不过他打小也没见过。据说他爷爷把这鞋的做法传给了他爹。为嘛从来也没见他爹做过这鹰嘴靸鞋就不知道了。只记得他爹说过一句"有钱的人不好伺候"，而且他爹也没把这鞋的做法传给他。现在他爹他娘全不在了，谁还知道鹰嘴鞋是嘛模样？

罗罗锅总琢磨这事。一天忽想起他娘留下一个装破烂杂物的小箱子，一直扔在柴房里。扒出来一看，居然有个小包袱，解开再瞧，竟然就是他要找的东西，是不是祖先显灵了？这东西扔了许多年了，怎么没叫老鼠啃了。里边花花绿绿，不仅有各种鞋样子、绣花粉稿、布缎小料、锥子顶针、针头线脑，居然还有一双完完整整的让他喊绝的鹰嘴鞋！这还不算，还有一对做鞋必用的光溜溜山毛榉的鞋楦呢！这是爹妈刻意留给他的一条生路吗？再细瞧，鞋楦底子上工工整整刻着五个楷体字：刘记鞋楦店。他知道这家店是乾隆年间城里的一家老店，原在鼓楼东。店主是刘杏林，木雕名家，能把一块木头刻出一个神仙世界，八大家的隔扇和挂在墙上的花鸟屏风都请他刻。刘杏林人早没了，老店也早没了，可是这木刻的鞋楦像活人的脚，活灵灵，好赛能动，叫他看到了先人的厉害。更叫他叹为观止的是这双鹰嘴靰鞋，这是他爹还是他爷爷的手艺？细品这双鞋的用料、配色、做工、针法，叫他傻了眼。

罗罗锅想，人愈将就穷就愈穷，为嘛不试一把拼一把？于是他把自己关在家七七四十九天，几成几败，用尽了心血心思心力，还有一辈子做鞋的功力，终于把先人的鹰嘴靰鞡鞋一点点复活了。尤其鞋子前边那个挡土又盖脚面的"鹰嘴"，叫他翻过来倒过去做了十八遍，才做出神气来。他这才明白，先人的本事不在样子上，都在神气上。

等到他把这双鹰嘴靰鞡鞋往南斜街上一摆，惊住了东来西往的人。有人问他："这鞋是打租界那边弄来的吗？"

有人问价钱，有人出高价要买。出的价钱高出市面上一双好鞋的三四倍。但罗罗锅不卖。他没卖过鹰嘴鞋，不知道该嘛价，再有就是他舍不得卖，害怕卖了，手里这东西就没了。

这样一连三天，每天早早晚晚鞋摊前都聚着一些人，很快就有从城里闻名而来的了。

到了第五天，忽有一行人从天后宫那边过来。这行人肯定是一位大官。旗罗伞盖，衙役兵弁，前呼后拥，中间一顶八抬绿呢大轿，不知是谁。以前见过府县大人出行，也没这么大的架势。一准是个大官。

待这行人马走过眼前时，忽然停住，轿帘一掀，走下一个人。瘦高的个子，气质不凡，带着一股威风与霸气，竟然朝自己走来。罗罗锅觉得好像过来一只老虎。

他想跑，但两条腿打哆嗦，迈不开步了。

这人已走到面前，对他说："我远远就瞧你这双鞋做得不凡，拿过来叫我试试。"

说话的嗓门带着喉音，很厚重，而且语气威严，叫人不得不从。

罗罗锅赶忙取了鹰嘴靰鞋往这大官脚前一摆。马上三个差役上来，两个左右搀着大官，一个半跪下身给大官脱鞋、穿鞋，一边还说："请中堂大人站稳。"

罗罗锅听了差点吓晕，竟然是李中堂！只见李中堂把脚往鞋里一伸，跟着情不自禁地说："真舒服，踩进云彩里边了。"

罗罗锅一直吓得脑袋扎在怀里，不敢抬头不敢看，只听李中堂的声音："这鞋好像就是为我做的。"

说完，中堂大人穿着他的鞋转身就走。

等到开道锣"哐哐"再响起来，抬头看，中堂大人的人马轿子早往西走了，一直拐出街去，罗罗锅还傻站着。

中堂大人走了，他那双鹰嘴鞋也没了。

在街对面开古董店的吴掌柜过来，笑嘻嘻对他说："中堂大人喜欢你的鞋，这回该你发了！"

罗罗锅说："发嘛，鞋穿走了，也没给钱。"

吴掌柜笑道："中堂大人穿鞋，嘛时候花过钱？可你这鞋叫中堂大人穿上了，还不发？"

罗罗锅说："怎么发？"

吴掌柜索性哈哈笑起来，说："还问怎么发，什么也不用干就发了。赶紧回家去做这种鞋，多做几双摆在这儿，这回你要多高的价钱都有人买了。"

罗罗锅不明白。

吴掌柜说:"你在天津这么多年还不明白这道理。做东西的不如卖东西的赚钱。不论嘛东西,没名分,不值钱;沾上名分,就有钱赚了。我若是不说我腰上这玉件是老佛爷当年丢在避暑山庄的,谁买? 不就是块破石头吗? 现在你的鞋要卖高价,不是你做得好,是中堂大人穿在脚上了。"

罗罗锅将信将疑,回去叫老婆、小姨子一起上手,赶出来几双,拿出来一摆,当天抢光! 这几双鞋卖的钱,顶他一年摆摊赚的钱。原来这时候整个天津卫全知道中堂大人喜欢上他的鹰嘴鞋了! 一时买鞋来的人太多,做不过来,只能预订。预订鹰嘴鞋最多的人是大小官员们。大人喜欢,"小人"要更喜欢才行。

一年后,罗罗锅不在南斜街风吹日晒地摆鞋摊了,他在东门里临街买房开店。房子门脸不大,纵深几间,后边还有个小院,正好前店后坊,他一家人也住在那儿，取名"罗家鞋铺"。从地摊一下子到店铺，还自豪地以"罗"姓为号，也算光宗耀祖了。有位高人对他说："你这鞋得有个俏皮的名字，既留下中堂大人的故事，又不直接用中堂大人的名义，我给你起一个鞋名，叫'贵人鞋'吧。"

这鞋名起得好，好叫又好听，抬了买鞋人的身份，还暗含着中堂大人，绝了！一下子"贵人鞋"就叫响了。卖得一直好。直到光绪二十七年中堂大人病故之后，卖得依然不错。

冯骥才
绘著

俠女奇人

新增本